KB018691

물의 요정 멜루지네

옮긴이 이관우

공주사범대학 독어교육과와 고려대학교대학원 독어독문학과를 졸업하고 독일 마인츠대학교에서 독문학을 연구했으며, 독일 뮌헨대학교와 아우크스부르크대학교에서 객원교수로 활동했다. 공주대학교 독어독문학과 학과장, 신문방송사 주간, 언어교육원장, 평생교육원장 등을 역임하고 2014년 현재 공주대학교 독어독문학과 교수로 재직 중이다.
저서로는 『독일 단화의 이론과 실제』『독일문화의 이해』『볼프강 보르헤르트의 삶과 문학』『ARD 방송독일어』『독일의 역사와 문화』『시사독일어』『문학 속의 삶』, 번역서로는 『인류사를 이끈 운명의 순간들』(슈테판 츠바이크) 『붉은 고양이』(루이제 린저 외) 『압록강은 흐른다』(이미륵) 등이 있다.

물의 요정 멜루지네

초판 1쇄 | 2014년 10월5일

지은이 | 요한 볼프강 폰 괴테
옮긴이 | 이관우
편　집 | 김재범
내지 디자인 | 임예진
표지 디자인 | 김남영
마케팅 | 서장원
펴낸이 | 강완구
펴낸곳 | 써네스트
출판등록 | 2005년 7월 13일 제313-2005-000149호
주　소 | 서울시 마포구 양화로 156, 925
전　화 | 02-332-9384　　**팩　스** | 0303-0006-9384
이메일 | sunestbooks@yahoo.co.kr
홈페이지 | www.sunest.co.kr
ISBN 978-89-91958-91-3 (03850)　　값 10,000원

이 도서의 국립중앙도서관 출판시도서목록(CIP)은 서지정보유통지원시스템 홈페이지(http://seoji.nl.go.kr)와 국가자료공동목록시스템(http://www.nl.go.kr/kolisnet)에서 이용하실 수 있습니다. (CIP제어번호 : CIP2014027757)

써네스트

차례

옮긴이의 말

동화라 하면 일반적으로 발생 시기 및 작자가 알려지지 않은 채 오랜 옛날부터 입에서 입으로 전해 내려온 이야기로 보통 민속동화 혹은 구전동화를 일컫는다. 반면 이런 동화를 바탕으로 특정한 작가의 구상에 의해 새롭게 만들어진 이야기가 있는데, 이를 흔히 창작동화라 부른다. 창작동화는 보통 그 양식과 주제를 민속동화에서 넘겨받지만 민속동화의 단순하며 틀에 박힌 서술구조와 전형화 된 인물이나 장소 등을 뛰어넘어 모든 것이 좀 더 복잡다단하게 펼쳐진다. 인물들과 그들의 문제들은 흑백논리로 도식화되지 않고 보다 다면적으로 뒤얽힌다. 민속동화에 비해 창작동화는 더 광범위하고 풍요롭게 만들어지며, 비유적 표현을 더 많이 사용함으로써 인물과 사건을 더 상세하게 묘사한다. 또한 창작동화는 민속

동화와 달리 결말을 억지로 해피엔딩으로 마무리하지 않는다. 창작동화의 또 다른 특징은 그 대상을 오로지 어린이들만으로 하지 않고 어른들에게까지 넓히고 있다는 점이다.

괴테는 독일 고전주의를 완성시킨 세계적인 대문호로 시, 소설, 희곡 등 문학의 대표 장르를 넘나들며 질적으로든 양적으로든 광범위하게 문학적 재능을 발휘했다. 다소 생소하게 들릴지 모르나 괴테의 폭넓은 문학적 천재성은 동화에도 손을 뻗쳐 세 편의 독창적인 창작동화를 낳았다. 완성연대 순으로 『동화』(1795), 『신新 멜루지네』(1807), 『신新 파리스』(1811)가 그것이다. 괴테는 고전주의를 이끌고 완성시킨 작가였지만 이 세 편의 동화를 통해 다음에 이어지는 낭만주의시대의 대표적 장르인 동화의 기초를 다지고 방향을 제시했다. 괴테의 동화들은 삶의 문제들에 대한 비유적이며 환상적인 묘사를 통해 독자를 상상의 세계 속에 자유롭게 떠돌며 행복을 느끼게 하는 마력을 지니고 있다.

세 편의 동화 중 두 편은 괴테의 장편소설들 속에, 한 편은 자서전 속에 삽입되어 있다. 옮긴이는 이를 따로 뽑아내어 하나의 동화집으로 엮음으로써 동화작가로서의 괴테의 또 다른 면모를 알리고자 한다.

첫 번째 작품인 『동화』는 장르명칭 자체를 제목으로 하고 있어 괴테가 이 작품을 동화의 전형으로 내세우려 했을 것으로 추측된다. 장편소설 『독일 피난민들의 대화』의 마지막 부분에 삽입된 이 동화에서는 환상과 현실을 넘나드는 사건이 전개되면서 평화롭고 이상적인 세상을 만들어가는 과정이 그려진다.

폭풍우가 몰아치는 한밤중에 도깨비불들이 뱃사공의 도움으로 강을 건너면서 시작되는 이야기는 녹색 뱀, 거인, 지하사원의 왕들, 램프를 든 노인과 그의 부인, 젊은이, 강아지, 백합, 매 등을 등장시키며 비유와 환상이 얽힌 꿈과 같은 세계를 그린다. 여기서 핵심적인 비유는 지하사원의 네 왕들이다. 이들 중 앞의 세 왕은 세 개의 시대를 비유하고 있다. 즉 지혜로 나타나는 첫 번째 왕은 고전주의를, 빛으로 나타나는 두 번째 왕은 중세를, 힘으로 나타나는 세 번째 왕은 절대주의를 비유하고 있다. 그리고 주저앉은 네 번째 왕은 프랑스혁명에 의해 몰락한 루이 16세에 비유되고 있다. 또한 작품의 말미를 장식하는 젊은이와 어여쁜 백합의 결혼은 조상인 세 왕의 뒤를 이은 안정되고 평화로운 통치기반의 확립으로 비유되고 있다.

신비와 환상의 세계도 무한히 펼쳐지고 있다. 금화를 삼킨 녹색 뱀은 투명하고 찬란한 빛을 내다가 나중에는 보석으로 변해 강을 가로지르는 화려한 다리가 된다. 노인의 램프는 돌을 금으로, 나무를 은으로, 죽은 동물들을 보석으로 변화시키고, 온갖 금속들을 사라지게 하는 놀라운 마력이 있어 죽은 강아지를 아름다운 마노로, 카나리아를 황옥으로 변화시킨다. 백합의 손은 어루만짐에 의해 생명을 빼앗기도 하고 되살리기도 한다. 그리하여 마노가 다시 강아지로 소생하고 죽은 애인이 살아난다. 램프를 든 노인의 예언에 따라 지하에 묻혀 있던 사원은 땅 위로 솟아오른다.

한편『동화』에서는 동물과 인간의 상호소통이라는 동화의 전형적 특성이 나타나 있다. 특히 인상적인 것은 뱀의 헌신적 봉사와 희생이다. 뱀은 죽은 왕자가 부패하지 않도록 자신의 몸으로 시신 둘레에 힘겹게 원을 만들어 햇볕을 차단한다. 또한 자신을 희생하여 강을 가로지르는 다리가 됨으로써 강을 사이에 두고 떨어져 있는 백합의 집과 지하사원 사이의 소중한 교통로 역할을 하면서 모두가 하나 되는 이상적 세계의 실현에 기여한다. 그런가 하면 램프는 불꽃을 튀겨 노인에게 긴급히 달려가야 할 곳이 생겼음을 알리고, 매는 노인에게 길을 인도해준다.

『동화』에서는 자연과 인간, 어둠과 밝음, 환상과 현실, 과거와 현재, 약자와 강자 등 대립적이고 양극적인 요소들이 하나로 합일되어 궁극적으로는 모두가 한데 어우러져 평화롭게 살아가는 하나의 완전한 이상세계가 이루어진다. 따라서 이 동화는 분열과 갈등을 넘어 통일과 조화와 균형을 지향하는 괴테의 동화 이념은 물론 그가 이끌었던 고전주의의 시대정신과도 엄격하게 합치되고 있다.

두 번째 동화인 『신 멜루지네』는 괴테의 장편소설 『빌헬름 마이스터의 편력시대』에 삽입된 동화로 중세 유럽의 신화에 나오는 뱀의 모습을 한 신비로운 물의 요정 멜루지네를 표본으로 하여 창작되었다. 보통 때에는 언제나 인간의 모습을 하고 있는 멜루지네는 자신의 본래 모습이 드러나는 특정한 날에는 자신을 바라보지 않는다는 조건을 걸고 어느 기사와 결혼한다. 그러나 기사가 이를 어겨 멜루지네는 인간세계를 떠나 물속으로 돌아간다는 이야기다.

『신 멜루지네』에서는 뱀의 모습을 한 물의 요정 대신 수시로 난쟁이로 변하며 상자 속에서 살아가는 난쟁이나라의 공주가 등장한다. 지하 난쟁이나라에서는 종족보존을 위해 공주를 지상세계로 내보내 건장한 배필을 구하도록 한다. 공주는 반지의 힘으로 정상 크기의 아름다운 여인으로 변하여 상대남자를 구한다. 어느 날 상자 속에 든 작은 난쟁이로 변한 공주의 모습에 두려움과 실망을 느낀 남자는 그녀를 떠났다가 다시 재회하는 등 우여곡절을 겪는다. 결국 이들은 난쟁이나라로 함께 돌아가 정식으로 결혼식을 올리고 행복한 부부가 된다. 그러나 탐욕적이고 어리석은 남자는 행복의 보금자리를 박차고 다시 본래의 자기 위치로 돌아오게 된다.

『신 멜루지네』에서도 풍부한 환상이 펼쳐지고 있다. 환상을 이끄는 핵심은 난쟁이공주의 반지와 상자와 돈주머니다. 반지의 마력으로 공주는 키가 커지기도 하고 다시 난쟁이로 돌아가기도 하면서 지상의 세계를 유람한다. 상자는 공주가 난쟁이일 때 기거하는 집으로 내부는 하나의 작은 궁전을 이루고 있다. 돈주머니는 아무리 많이 써도 돈이 줄어들지 않는 신비로운 효력을 나타낸다.

『신 멜루지네』는 동화에서는 보기 드물게 '나'가 주인공이자 화자가 되어 이야기를 전개하는 1인칭화법이 이채롭다. 이 '나'가 어느 여관에서 손님들에게 들려주는 자신의 체험담이 바로『신 멜루지네』다. 따라서 '나'는 서두에 손님들에게 인사를 하며 등장했다가 말미에 이야기를 맺으면서 다시 등장하여 이야기를 끝맺는다. 전체적으로 보아 시제 상 현재–과거–현재의 틀로 이루어진 이색적 작품이다.

세 번째 동화인『신 파리스』는 괴테의 자서전인『시와 진실』에 삽입된 작품이다. 괴테는 이 동화를 어렸을 적 친구들에게 자주 들려주어 어른이 된 후에도 상상력과 기억 속에 고스란히 떠다니고 있다고 자서전에서 밝히고 있다. 그리스 신화에서 트로이의 왕자 파리스가 제우스신으로부터 헤라, 아테네, 아프로디테 등 세 여신 중 가장 아름다운 신에게 황금사과를 주라는 위임을 받은 것을 토대로 쓴 이야기이다.

이 동화에서도 역시 1인칭화자인 소년 '나'가 꿈속에서 겪은 일을 친구들에게 들려주는 식으로 이야기가 시작된다. 꿈속의 이야기인 것만 보아도 풍부한 환상이 펼쳐질 것이라는 걸 짐작할 수 있다. 환상의 중심에는 세 개의 각각 다른 색깔의 사과가 있다. 사과들은 소년의 손에 들어오는 순간 인형만 한 어여쁜 아가씨들로 변하여 하늘 높이 날아오른다. 소년의 손가락 끝에서는 세 아가씨들보다 더 작고 쾌활한 또 다른 소녀가 나타나 손가락 끝을 이리저리 옮겨 다니며, 소년은 이 소녀를 붙잡으려다가 꿈에서 깨어난다. 소년은 친구들을 찾아 정원에 들어갔다가 꿈속에서 하늘로 날아오른 세 명의 아가씨들이 제각각 악기를 연주하며 자신을 맞이하는 것을 체험한다. 그는 꿈속의 또 다른 작은 소녀도 만나 여러 가지 놀이를 함께 한다. 꿈과 현실이 혼합된 이런 정경은 환상의 절정을 이룬다.

환상과 함께 풍부한 상징도 나타난다. 소년이 꿈속에서 부모가 마련해준 로코코식 옷을 잘 입지 못하는 것은 작가 괴테와 로코코의 시대정신과의 부조화를 상징적으로 나타내고 있다. 소년이 안으로 들어가 살피게 되는 정원은 예술의 세계를 상징하고, 정원의 내부를 안내해주는 노인은 지혜를 상징하는 인물로, 소년을 매혹시키는 소녀 알레르테는 문학적 환상을 상징하는 인물로 해석된다.

독자의 이해를 돕기 위해 부록으로 『동화』를 해석한 옮긴이의 논문과 괴테의 삶과 문학을 개관한 글을 실었다. 아무쪼록 여기에 담긴 세 편의 동화가 각박한 세상사에 시달리며 메말라가는 현대인들을 아름답고도 신비로운 환상의 세계 속으로 끌어들여 지친 영혼을 조금이나마 쉴 수 있게 해주기를 기대한다. 아울러 동화작가로서의 괴테의 또 다른 모습도 살필 수 있게 되었으면 한다.

2014년 8월

옮긴이 이관우

동화

방금 폭우로 물이 불어나 넘쳐버린 큰 강가에서 늙은 뱃사공이 하루의 힘든 일에 지쳐 자신의 조그만 오두막집에 누워 잠을 자고 있었다. 한밤중이 되자 몇몇 시끄러운 목소리들이 그를 깨웠다. 그는 여행자들이 강을 건네줄 것을 원하는 소리를 들었다.

문밖으로 나간 그는 매여 있는 나룻배 위에서 커다란 도깨비불 두 개가 이리저리 움직이고 있는 것을 보았다. 그것은 그들이 무척 다급하며 빨리 강 건너편으로 건네지기를 바란다는 걸 확인시켜주었다. 뱃사공 노인은 지체하지 않고 배를 풀어 몸에 밴 능란한 솜씨로 강을 가로질러 달려 나갔고, 그러는 동안 그 낯선 이들은 어떤 때는 나룻배의 가장자리와 의자에서, 어떤 때는 바닥에서 이리저리 껑충껑충 뛰면서 알 수 없는 무척 빠른 언어로 서로 지껄여대고 이따금 크게 웃음을 터뜨렸다.

노인은 소리를 질렀다.

"배가 뒤뚱거려! 자네들이 그렇게 요란하게 굴면 배가 뒤집힐 수 있네. 앉게, 불빛들이여!"

그들은 노인의 이런 요구를 듣고 큰 소리로 웃음을 터뜨렸고, 노인을 비웃고 전보다 더 요란해졌다. 노인은 그들의 불손함을 꾹 참아냈고, 곧 건너편 강가에 도달했다.

"수고에 대한 보답이요!"

여행자들은 이렇게 외쳤고, 몸을 흔들자 번쩍이는 수많은 금화들이 축축한 나룻배 안으로 떨어져 내렸다.

그러자 노인이 외쳤다.

"아니 이럴 수가, 자네들 뭐하는 건가! 자네들이 나를 엄청난 불행으로 몰아넣고 있어! 금화 하나가 물속으로 떨어지기라도 한다면 이 쇳조각을 견뎌내지 못하는 강물이 무시무시한 풍랑을 일으켜 배와 나를 집어삼켜버릴 것이네. 그리고 자네들에게도 화가 미칠 지 누가 알겠는가. 금화를 다시 거둬들이게!"

그들은 대답했다.

"우리는 몸에서 털어낸 것은 어떤 것도 다시 거둬들이지 못합니다."

노인은 몸을 굽혀 금화들을 모자에 주워 담으면서 말했다.

"그렇다면 자네들은 내게 그것들을 긁어모아 땅으로 가져가 파묻어야 하는 수고를 끼치고 있구먼."

도깨비불들은 나룻배에서 뛰어내렸고, 노인이 소리쳤다.

"뱃삯은 어떻게 되는 건가?"

그러자 도깨비불들이 외쳤다.

"금을 받지 않는 사람은 무보수로 일할 수밖에요!"

"내게는 땅의 과일들로만 품삯을 지불할 수 있다는 걸 자네들이 알았어야 했는데."

"땅의 과일들이요? 우리는 그런 것들을 중요하게 여기지 않으며, 즐겨 먹지도 않는데요."

"하지만 나는 자네들이 양배추 세 개, 아티초크 세 개, 큰 양파 세 개를 가져다준다고 내게 약속하지 않으면 자네들을 보내줄 수 없네."

도깨비불들은 무시하며 떠나려고 했다. 그러나 그들은 도무지 알 수 없는 방식으로 땅바닥에 묶여 있는 듯한 느낌을 받았다. 그것은 그들이 지금까지 겪어보지 못한 가장 불쾌한 느낌이었다. 그들은 곧장 노인의 요구를 들어주겠다고 약속했다. 노인은 그들을 풀어주고 떠나게 했다.

그들이 노인의 뒤에 대고 외쳤을 때는 이미 노인은 멀리 배를 타고 떠나간 뒤였다.

"노인양반! 들어보소, 노인양반! 우리는 아주 중요한 걸 잊고 말하지 못했어요!"

노인은 계속 멀어져 가 그들의 말을 듣지 못했다. 그는 계속하여 강 아래쪽으로 배를 몰고 가 결코 강물이 닿을 수 없는 산악지역에 그 위험한 금을 파묻을 생각이었다. 그는 거기에서 높은 바위들 사이에 있는 아주 깊은 계곡 하나를 발견하고 그 안에 금을 뿌려버리고는 자신의 오두막집으로 돌아갔다.

이 계곡 안에는 아름다운 녹색 뱀이 살고 있었는데, 뱀은 짤랑거리는 소리를 내며 떨어지는 금화로 인해 잠에서 깨었다. 뱀은 반짝이는 금화들을 보자마자 그 자리에서 그것들을 몹시 탐욕스럽게 집어삼켜버렸고, 수풀 속과 바위틈 사이에 흩어져 있던 모든 금화들을 샅샅이 찾았다.

그것들을 모두 삼켜버리자 뱀은 곧장 금이 자신의 뱃속에서 녹아 온몸으로 퍼져나가는 듯한 지극히 기분 좋은 느낌이 들었고, 자신의 몸이 투명하며 반짝거리게 되었다는 것을 알아차리고 몹시 기뻐했다. 뱀은 이미 오래 전부터 이런 현상이 일어날 수 있을 것이라고 믿어왔다. 그러나 뱀은 이 반짝이는 빛이 오래 지속될 수 있을 것인지에 대해 의문이 들었으므로 호기심과 함께 앞으로도 그것을 계속 보장받을 수 있기를 바라는 마음에서 그 아름다운 금을 안으로 뿌릴 수 있는 사람이 누구인지를 알아보기 위해 바위 밖으로 나갔다. 뱀은 아무도 발견하지 못했다. 뱀은 채소와 수풀 사이를 기어갔으므로 싱그러운 풀밭을 통과해 가며 퍼뜨리는 자신의 우아한 빛에 스스로 경탄하며 더욱 더 기분이 좋았다. 모든 잎사귀들은 에메랄드빛을 냈으며, 모든 꽃들은 가장 화려하게 단장하고 있었다. 뱀은 황량한 거친 숲을 지나쳤지만 아무 것도 찾지 못했다. 그러나 평지로 나와 멀리서 자신의 빛과 비슷한 어떤 반짝임을 바라보자 희망은 더욱 더 커졌다.

"드디어 나와 똑같은 것을 찾았네!"

뱀은 이렇게 외치고 그곳을 향해 서둘러 갔다. 뱀은 늪과 갈대를 통과하여 기어가는 어려움이 있었지만 크게 신경 쓰지 않았다. 왜냐하면 뱀은 메마른 산악초원에서, 특히 높은 바위틈에서 주로 살았고, 맛있는 야채를 즐겨 먹고, 보통 부드러운 이슬과 신선한 샘물로 갈증을 달래 왔을지라도 그 소중한 금에 대해서, 또한 그 찬란한 빛에 대해 알아보려는 희망으로 자신에게 내려진 어떤 어려움도 모두 기꺼이 받아들였을 것이기 때문이다.

뱀은 몹시 지친 채 마침내 어느 축축한 갈대숲에 이르렀다. 그곳에서는 앞서의 두 도깨비불이 이리저리 움직이며 장난치고 있었다. 뱀은 재빨리 그들에게 달려가 인사를 했고, 자신과 친족관계에 있는 그런 우아한 신사들을 찾게 되어 기뻤다. 도깨비불들은 뱀을 훑어보고는 껑충껑충 뛰며 지나쳐 버렸고, 자신들 나름의 방식으로 웃었다.

그들은 말했다.

"아주머니, 당신이 본래 수평의 선으로 되어 있다면 그건 아무런 의미도 없는 거요. 분명 우리는 빛을 낸다는 측면에서만 친족관계에 있소. 한번 보세요. (여기서 그 두 불꽃은 그들의 넓이를 희생시켜 가능한 한 길고 뾰족한 모습이 되었다.) 수직의 선으로 된 우리 신사들에게 이 늘씬한 길이가 얼마나 잘 어울리는지 말이오. 친구여, 우리의 이런 모습을 기분 나쁘게 보지 마시오. 어떤 가족이 이런 걸 뽐낼 수 있겠소? 도깨비불들은 존재하는 동안 결코 앉지도 눕지도 않아 왔소."

뱀은 이 친족들과 함께 있는 것이 무척 불편했다. 왜냐하면 머리를 마음먹은 대로 높이 들어 올리려고 했지만 앞으로 나아가기 위해서는 다시 땅으로 구부릴 수밖에 없음을 느꼈기 때문이다. 그리고 이전에 어두운 숲속에 있을 때가 훨씬 더 편안했었는데, 자신의 빛이 이 친척들 앞에서 시간이 지날수록 급격히 약해지는 것 같았으며, 마침내 완전히 꺼져버릴 것 같은 두려움이 들었던 것이다.

이런 곤란한 상황에서 뱀은 도깨비불들에게 조금 전 바위 계곡 안으로 떨어져 내린 그 번쩍이는 금이 어디서 나온 것인지 알려줄 수 없는지 급히 물었다. 뱀은 자신은 그것이 하늘에서 직접 떨어진 황금비일 걸로 추측한다고 말했다. 도깨비불들은 웃고 몸을 흔들었으며, 그들 둘레로 엄청난 양의 금화가 떨어져 내렸다. 뱀은 그것을 집어삼키기 위해 그쪽으로 재빨리 다가갔다. 상냥한 신사들은 말했다.

"실컷 드세요, 아주머니. 우리는 더 많이 대드릴 수 있어요."

그들은 무척 빠른 동작으로 몇 차례 더 몸을 흔들어 대 뱀은 그 값진 먹을 것을 미처 제때에 받아먹지 못할 정도였다. 뱀의 빛은 눈에 띄게 널리 퍼져나가기 시작했고, 진정 가장 찬란하게 빛났다. 반면 도깨비불들은 무척 야위고 작아졌는데, 그렇다고 그들의 흥겨운 기분이 조금이라도 사라진 것은 아니었다.

뱀은 급히 집어삼키고 나서 다시 숨을 돌린 다음 말했다.

"나는 당신들에게 영원히 감사해야 할 빚을 지고 있습니다. 내게 원하는 걸 요구하십시오. 힘닿는 데까지 들어드리겠습니다."

도깨비불들이 외쳤다.

"아주 잘 됐소! 어여쁜 백합이 어디에 사는지 말해 주겠소? 우리를 가능한 한 빨리 그 어여쁜 백합의 궁전과 정원으로 데려다 주시오. 우리는 그녀의 발치에 우리를 바쳐야 하는데 조급해 죽을 지경이오."

뱀은 깊은 한숨을 쉬며 대답했다.

"그 일은 내가 지금 바로 해드릴 수는 없습니다. 그 어여쁜 백합은 유감스럽게도 강 건너편에 살고 있습니다."

"강 건너편이라! 우리는 폭풍우가 몰아치는 이 밤에 강을 건너왔는데! 지금 우리를 갈라놓고 있는 저 강은 얼마나 포악한가! 그 노인을 다시 부르는 일도 불가능하지 않은가요?"

뱀이 대답했다.

"당신들은 헛수고만 하게 될 겁니다. 왜냐하면 당신들이 그를 이쪽 편 강가에서 만난다 해도 그는 당신들을 받아주지 않을 것이기 때문입니다. 그는 누구든지 저쪽에서 이쪽으로 건네줄 수는 있어도 아무도 이쪽에서 저쪽으로 건네주지는 못합니다."

"아까 우리가 건너편에 제대로 자리를 잡았던 건데! 강을 건너갈 수 있는 다른 방도는 없는 겁니까?"

"몇 가지가 있긴 하지만 지금 당장은 안 됩니다. 내가 손수 신사 여러분을 건네 드릴 수는 있지만 정오가 되어야 합니다."

"그건 우리가 다니기 좋아하는 시간이 아니오."

"그렇다면 당신들은 저녁에 거인의 그림자 위에 올라타고 건너갈 수 있습니다."

"어떻게 그럴 수가 있소?"

"여기서 멀지 않은 곳에 살고 있는 그 거대한 거인은 몸으로는 아무 것도 하지 못합니다. 그의 손은 지푸라기 하나도 집어 올리지 못하고, 어깨는 볏단 하나 옮기지 못합니다. 하지만 그의 그림자는 많은 것을, 아니 모든 것을 할 수 있습니다. 그는 따라서 해가 뜨고 질 때 가장 힘이 강해집니다. 그러므로 저녁에 그의 그림자의 목 부분에 앉아있기만 하면 됩니다. 그러면 거인은 천천히 강가 쪽으로 걸어가고 그림자가 여행자를 강 건너로 옮겨줍니다. 하지만 당신들이 정오에 수풀이 강가로 빽빽하게 뻗쳐있는 저쪽 숲 언저리로 나온다면 내가 당신들을 건네주고 어여쁜 백합에게 소개해 줄 수 있습니다. 반면에 당신들이 한낮의 더위를 싫어한다면 저녁 무렵에 저 암석만巖石灣에서 그 거인을 찾기만 하면 됩니다. 거인은 틀림없이 아주 호감을 주는 모습으로 나타날 겁니다."

젊은 신사들은 가볍게 몸을 숙여 인사하고는 멀어져갔다. 뱀은 그들에게서 벗어나 한편으로는 자기 자신의 빛을 즐기게 되고, 또 한편으로는 오랫동안 묘하게도 자신을 괴롭혀 온 호기심을 해소하게 되어 기뻤다.

뱀은 종종 여기저기 기어 다니던 바위계곡 안 한 곳에서 이상한 것을 발견하게 되었다. 그는 이 깊은 계곡 바닥을 비록 빛 없이 기어 다녀야 할 경우에도 감각을 통해 물체들을 아주 잘 구별해낼 수 있게 되었기 때문이다. 그가 몸에 배어 이곳저곳에서 익숙하게 찾아낼 수 있는 것은 울퉁불퉁한 천연자원들뿐이었다. 그리하여 커다란 수정들의 톱니 사이로 휘말려 들어가기도 하고, 순은의 갈고리와 머리칼을 느끼기도 했으며, 이런 저런 보석을 손수 찾아내기도 했다. 그런데 뱀은 둘레가 막힌 어느 바위 안에서 인간의 손에 의해 만들어졌음을 짐작케 하는 물체들을 감지하고는 몹시 놀랐다. 뱀이 올라갈 수 없는 매끄러운 벽면들, 뾰족한 고른 모서리들, 잘 만들어진 기둥들이 있었는데, 뱀에게 가장 기이하게 여겨진 것은 사람의 형상들이었다. 뱀은 이 형상들을 여러 번 휘감아보았고, 이것들을 청동이나 아주 반질반질하게 다듬어진 대리석으로 여길 수밖에 없었다. 뱀은 이 모든 체험들을 궁극적으로 시각을 통해 한데 모아 짐작만 해왔던 것을 확인해보기를 원했다. 뱀은 이제 스스로의 빛을 통해 이 놀라운 지하의 원형사원을 비출 수 있을 것으로 믿었고, 돌연 이 기이한 물체들을 완벽하게 알아내게 되기를 희망했다. 뱀은 서둘렀고, 낯익은 길에서 지금껏 수시로 그 성전으로 기어들어가곤 했던 틈새를 곧장 찾아냈다.

뱀은 그곳에 도달하자 호기심에 차 둘러보았고, 비록 자신의 빛이 그 원형건물의 모든 물체들을 비출 수는 없었지만 가까이에 있는 것들은 충분히 뚜렷하게 보였다. 뱀은 놀랍고 경외하는 마음으로 반짝이는 벽감 안을 올려다보았다. 그 안에는 순금으로 된 어느 근엄한 왕의 조각상이 놓여있었다. 체격으로 보아 그 입상은 어른보다 더 컸지만 얼굴모습으로 보면 성인 남자라기보다는 어린 남자였다. 그의 잘 다듬어진 몸은 소박한 외투를 두르고 있었고, 떡갈나무관이 그의 머리칼을 가지런히 모으고 있었다.

뱀이 이 근엄한 조각상을 바라보자 왕은 곧장 말을 하기 시작했고, 이렇게 물었다.

"너는 어디서 왔느냐?"

뱀이 대답했다.

"황금이 살고 있는 계곡에서 왔습니다."

왕이 물었다.

"황금보다 더 찬란한 것이 무엇이냐?"

"빛입니다."

"빛보다 더 생기 있는 게 무엇이냐?"

"대화입니다."

뱀은 이런 얘기를 주고받으면서 옆쪽을 훔쳐보았고, 그 다음 벽감 안에서 또 다른 멋진 조각상 하나를 보았다. 벽감 안에는 길쭉하고 허약한 모습을 한 은으로 된 왕이 앉아 있었다. 그의 몸은 장식이 된 옷으로 덮여 있었고, 왕관과 요대와 왕홀은 보석들로 장식되어 있었다. 그는 안면에 자긍심에 찬 쾌활함을 띠고 있었고, 대리석 벽면에 검은색으로 흐르던 핏줄이 갑자기 밝아져 사원 전체에 우아한 빛을 퍼뜨리자 곧장 말을 하려는 듯이 보였다. 뱀은 이 빛에 의해 세 번째 왕을 보았다. 그는 청동으로 된 강력한 모습으로 앉아 있었고, 자신의 침대에 기대고 있었으며, 월계관으로 치장되어 있었고, 사람이라기보다는 바위에 가까웠다. 뱀은 자신에게서 가장 멀리 떨어져 서있던 네 번째 왕을 둘러보려고 했지만 벽이 열렸고, 그러면서 빛을 내던 핏줄이 번개처럼 번쩍하고는 사라져 버렸다.

그때 나타난 키가 중간 정도 되는 한 남자가 뱀의 관심을 끌었다. 그는 농부의 옷차림을 하고 있었고, 조용한 불꽃이 들여다보이는 조그만 램프를 손에 들고 있었다. 램프는 그림자 하나 던지지 않은 채 기이한 방식으로 원형사원 전체를 환하게 밝혔다.

금으로 된 왕이 물었다.

"우리가 빛을 갖게 되었는데 너는 어찌하여 왔느냐?"

"아시다시피 저는 어두운 것은 비추지 못하게 되어 있으니까요."

은으로 된 왕이 물었다.

"내 왕국은 끝장이 나겠느냐?"

"나중에 끝장나든가 결코 끝장나지 않을 것이오."

청동으로 된 왕이 힘찬 목소리로 묻기 시작했다.

"나는 언제 일어서게 되느냐?"

"곧 일어서게 될 것이오."

"나는 누구와 결합해야 하느냐?"

"형들과 결합해야 하오."

"막내는 어떻게 될 것이냐?"

"그는 주저앉게 될 것이오."

그러자 네 번째 왕이 거칠고 더듬거리는 목소리로 외쳤다.

"나는 피곤하지 않아."

그들이 얘기하는 동안 뱀은 조용히 사원 안을 이리저리 기어 다니며 모든 것을 관찰했으며, 이제 네 번째 왕을 가까이에서 바라보았다. 그는 기둥에 기대어 서있었고, 수려한 모습은 아름답다기보다는 둔중해 보였다. 그러나 그가 어떤 금속을 녹여 만들어졌는지는 쉽게 구별할 수 없었다. 정확히 관찰해 보면 그것은 그의 형들을 만든 세 가지 금속의 혼합물이었다. 그러나 주조과정에서 이 물질들이 제대로 섞여 용해되지 않은 듯했다. 금과 은으로 된 핏줄들이 청동으로 된 몸뚱이를 통과하여 불규칙하게 흐르고 있어 그 조각상에 혐오스런 외관을 부여하고 있었다.

그러는 사이 금으로 된 왕이 노인에게 말했다.

"너는 비밀들을 몇 가지나 알고 있느냐?"

"세 가지요."

은으로 된 왕이 물었다.

"어떤 것이 가장 중요한 것이냐?"

"모두 다 알고 있는 비밀이요."

청동으로 된 왕이 물었다.

"그것을 우리에게도 알려주겠느냐?"

"네 번째 비밀을 알게 되는 즉시 알려드리지요."

혼합되어 만들어진 왕이 혼잣말로 중얼거렸다.

"난 신경 쓸 것 없지!"

"제가 네 번째 비밀을 알고 있습니다."

뱀은 이렇게 말하고, 노인에게 다가가 귀에 대고 무슨 말인가를 속삭였다.

노인이 큰 소리로 외쳤다.

"때가 되었다!"

사원은 쩌렁쩌렁 메아리쳤고, 금속의 조각상들이 쨍그랑 소리를 냈다. 그 순간 노인은 서쪽으로, 뱀은 동쪽으로 가 가라앉았으며, 모든 것이 재빨리 바위계곡들을 없애버렸다.

노인이 지나간 모든 통로들은 그의 뒤에서 즉시 금으로 채워졌다. 왜냐하면 그의 램프는 돌을 모두 금으로, 나무를 모두 은으로, 죽은 동물들을 보석으로 변화시키고, 모든 금속들을 없애버리는 놀라운 속성을 지녔기 때문이다. 그러나 이러한 효과를 나타내기 위해서는 램프가 오로지 홀로 빛을 내야만 했다. 만약 그 램프 곁에 다른 빛이 있으면 램프는 단지 아름다운 밝은 불빛을 낼 뿐이었고, 살아있는 모든 것은 램프에 의해 계속 생기를 띠게 되었다.

노인은 산기슭에 지은 자신의 오두막집으로 들어갔고, 아내가 엄청난 슬픔에 빠져 있는 것을 보았다. 그녀는 불 옆에 앉아 울고 있었고, 좀처럼 마음을 가라앉히지 못했다.

그녀는 소리쳤다.

"이런 불행한 일을 당하다니. 내가 오늘 당신을 가지 못하게 하려 했는데!"

노인은 아주 조용히 물었다.

"도대체 무슨 일이오?"

그녀는 흐느끼면서 말했다.

"당신이 떠나자마자 문 앞에 두 명의 앞뒤 가리지 않는 거친 나그네가 나타났어요. 나는 조심도 하지 않고 그들을 들어오게 했는데, 그들은 두 명의 점잖고 정직한 사람으로 보였지요. 그들은 약한 불꽃으로 옷을 입고 있어 도깨비불들로 여길 수 있었지요. 그들은 집에 들어서자마자 파렴치하게 나에게 말을 걸며 알랑거렸고, 너무나 심하게 치근덕거려서 내가 그 생각을 하면 수치스러워 죽겠어요."

노인은 웃으면서 대답했다.

"이봐요, 그 신사들은 아마 농담을 했을 거요. 그들은 나이 든 당신을 생각하여 아마 일반적인 공손함을 표하면서 그렇게 했을 테니까요."

노파는 소리쳤다.

"뭐 나이라고! 나이! 나는 언제나 나이 소리만 듣고 살아야 한단 말예요? 내가 도대체 나이를 얼마나 먹었는데요? 일반적인 공손함이라니! 나도 알 건 다 알아요. 당신 벽들이 어떻게 보이는지 좀 둘러보세요. 내가 백 년 동안 본 적이 없는 저 오래 된 돌들 좀 보세요. 그들이 금을 모조리 핥아먹었어요. 얼마나 빨리 핥아먹었는지 당신은 상상도 못할 거요. 그리고 그들은 그것이 보통의 금보다 훨씬 더 맛있다는 걸 줄곧 확인해주었어요. 그들은 벽들을 모두 깨끗이 핥아버리자 무척 기분이 좋아보였고, 확실히 단숨에 훨씬 더 길고 넓어졌으며, 더 밝게 반짝거리게 되었어요. 이제 그들은 다시 오만방자한 행동을 하기 시작했지요. 그들은 다시 내 몸을 쓰다듬었고,

나를 자신들의 여왕이라 불렀으며, 몸을 흔들어 주위에 많은 금화들을 떨어뜨렸지요. 당신도 보다시피 그것들이 저기 의자 밑에서 아직도 반짝이고 있어요. 하지만 이런 불행한 일이 일어날 줄이야! 우리 강아지가 그 금화 몇 닢을 삼켜버렸지요. 그런데 보세요. 그것이 벽난로 옆에 쓰러져 죽어 있어요. 불쌍한 것! 나는 슬픔을 가라앉힐 수가 없군요. 나는 이런 일이 일어난 걸 그들이 떠나버린 다음에야 알았어요. 그렇지 않았으면 나는 그들에게 그들이 뱃사공에게 진 빚을 갚아주겠다는 약속을 하지 않았을 거예요."

노인이 물었다.

"그들이 진 빚이 무엇이오?"

"양배추 세 개, 아티초크 세 개, 양파 세 개요. 나는 날이 밝으면 그것들을 강가로 가져다주겠다고 약속했지요."

"당신은 그들에게 호의를 베풀어도 좋소. 그들은 기회가 되면 우리를 다시 도와줄 것이기 때문이오."

"그들이 우리를 도와주게 될지는 모르지만 그들은 그렇게 하겠다고 약속하고 맹세는 했어요."

그 사이 벽난로 안의 불은 다 타버렸다. 노인은 많은 양의

재로 석탄을 덮고, 반짝이는 금화들을 치워버렸다. 이제 다시 그의 조그만 램프만이 홀로 가장 아름다운 광채로 빛을 냈다. 그리하여 벽들은 금으로 덮였고, 강아지는 생각할 수 있는 한 가장 아름다운 마노로 변했다. 그 진귀한 암석의 서로 교차되는 갈색과 검정색깔이 그것을 가장 진귀한 예술품으로 만들었다.

노인이 말했다.

"당신 바구니를 챙겨 그 안에 저 마노를 넣으소. 그런 다음 양배추 세 개와 아티초크 세 개와 양파 세 개를 챙겨 마노 둘레에 넣어 강으로 가져가시오. 정오 무렵 뱀을 통해 강을 건너서 아름다운 백합을 찾아가 그녀에게 그 마노를 가져다주오. 그녀는 살아있는 모든 것을 어루만짐으로써 죽이는 것처럼 마노를 어루만짐으로써 살아나게 할 거요. 그녀는 마노를 충실한 반려자로 가지게 될 거요. 그녀에게 슬퍼하지 말라고 말해주오. 또한 그녀가 구원될 날이 다가왔다고, 이제 때가 되었기 때문에 가장 큰 불행을 가장 큰 행복으로 여겨도 된다고 말해주오."

늙은 부인은 바구니를 꾸려 날이 밝자 길을 떠났다. 떠오르는 태양은 멀리서 반짝이는 강물을 밝게 내리비췄다. 노파는 바구니가 머리 위를 압박했기 때문에 천천히 걸어갔다. 그런데 그렇게 힘들게 하는 것은 마노가 아니었다. 그녀는 죽은 것들을 이고 갈 때면 무엇이든이고 간다는 느낌조차 받지 않았고, 오히려 곧장 바구니가 위로 떠올라 그녀의 머리 위에서 둥둥 떠가곤 했다. 그러나 신선한 채소나 살아있는 작은 동물을 이고 가는 것은 그녀에게 지극히 힘들었다. 그녀는 힘들어하며 한동안 걸어가다가 갑자기 깜짝 놀라 멈춰 섰다. 그녀가 하마터면 평야를 지나 자신에게까지 뻗친 거인의 그림자를 밟을 뻔했기 때문이다. 그녀는 이제 그 어마어마한 거인이 강물에서 목욕을 한 후 물 밖으로 나오는 것을 보았고, 그에게서 어떻게 달아나야 할지 알 수가 없었다. 거인은 그녀를 보자 조롱하며 인사를 했고, 그림자의 양손을 곧장 바구니 속에 집어넣었다. 양손은 가볍고 능숙하게 양배추 한 개와 아티초크 한 개와 양파 한 개를 꺼내어 거인의 입에 가져다주었고, 그러자 거인은 강물 위로 계속 걸어가 노파에게 길을 터주었다.

그녀는 되돌아가 자신의 정원에서 모자라는 채소들을 다

시 채워 넣어야 더 좋을지 어쩔지를 곰곰이 생각했고, 그렇게 주저하면서 계속 앞으로 걸어가 곧 강가에 도착했다. 그녀는 뱃사공을 기다리며 오랫동안 앉아있었고, 마침내 한 특별한 여행자를 태우고 배를 저어 강을 건너오고 있는 뱃사공을 보았다. 그녀가 충분히 잘 볼 수는 없었지만 젊고 고상하며 멋진 한 남자가 나룻배에서 내렸다.

노인이 외쳤다.

"무얼 가져온 거요?"

"도깨비불들이 당신에게 빚지고 있는 채소요."

노파는 이렇게 대답하고 자신의 물건을 가리켰다.

노인은 종류마다 두 개씩밖에 없음을 알고는 몹시 불쾌해졌고, 그것들을 받을 수 없음을 분명하게 밝혔다. 노파는 그에게 받아달라고 간절히 요청했고, 지금은 집으로 돌아갈 수 없으며, 집에까지 가기에는 짐이 무거워 힘들다고 설명했다. 그는 그것은 자신에게 달린 문제만은 아니라는 것을 그녀에게 분명히 밝히면서 안 된다는 답변을 고수했다.

"내가 응당 받아야 할 것은 아홉 개를 한꺼번에 받는 거요. 또한 나는 강에게 삼분의 일을 넘겨주기 전까지는 아무 것도 받을 수 없소."

노인은 많은 얘기들을 횡설수설 늘어놓은 다음 마침내 이렇게 대답했다.

"한 가지 방법은 있소. 만약 당신이 강 앞에서 스스로 보증을 하고 자신을 채무자로 인정한다면 나는 이 여섯 개를 받겠소. 하지만 위험이 몇 가지 있소."

"내가 약속을 지킨다면 위험한 일은 벌어지지 않나요?"

"전혀 벌어지지 않소. 당신의 손을 강물에 집어넣으시오. 그리고 스물네 시간 안에 빚을 갚겠다고 약속하시오."

노파는 그렇게 했다. 그러나 석탄처럼 새까맣게 변한 자신의 손을 물에서 다시 꺼냈을 때 깜짝 놀라지 않을 수 없었다. 그녀는 노인에게 격렬하게 항의하고, 자신의 두 손은 자기 몸에서 가장 아름다운 부분이었으며, 힘든 일에도 불구하고 그 고상한 손가락들은 하얗고 예쁘게 유지해 왔다고 주장했다. 그녀는 그 손을 몹시 불쾌해하며 바라보고 절망에 차 소리쳤다.

"더 나빠졌어요! 손가락이 줄어들었어요. 다른 쪽 것보다 훨씬 더 작아요."

그러자 노인이 말했다.

"지금은 그런 것처럼 보일 뿐이오. 하지만 당신이 약속을 지키지 않는다면 정말로 그렇게 될 수 있소. 그 손은 점점 줄어들어 마침내 사용할 수 없어 아쉬워하지도 못한 채 완전히 사라질 테지만 그 손을 쓰지 못하는 건 아니오. 아무도 그 손을 보지 못할 뿐 당신은 그 손으로 모든 일을 할 수 있을 거요."

노파가 말했다.

"나는 차라리 그 손을 쓸 수 없게 되어 사람들이 내게서 그 모습을 보지 않았으면 하고 바랐어요. 하지만 그건 전혀 무의미한 일이지요. 나는 이 검은 피부와 근심에서 벗어나기 위해 내 약속을 지키겠어요."

이렇게 말한 다음 노파는 바구니를 집어 들었는데, 그것은 저절로 그녀의 정수리 위로 솟아올라 자유롭게 공중에 둥둥 떴다. 노파는 천천히 생각에 잠겨 강가를 거닐던 그 젊은 남자를 향해 재빨리 다가갔다. 그 남자의 멋진 용모와 특별한 의복이 노파에게 깊은 인상을 주었다.

그의 가슴은 번쩍이는 갑옷으로 덮여있었고, 이 갑옷을 통해 멋진 신체의 모든 부분들이 실룩거렸다. 그의 어깨 둘레에는 자포가 걸쳐있었고, 모자를 쓰지 않은 머리 둘레로는 멋진 곱슬머리 상태의 갈색 머리칼이 물결치고 있었다. 그의 귀여운 얼굴은 예쁘게 생긴 두 발과 마찬가지로 햇볕에 노출되어 있었다. 그는 맨발로 편안하게 뜨거운 모래 위를 걸어갔는데, 어떤 깊은 고통이 겉으로 보이는 모든 인상들을 무디게 하는 듯했다.

말하기 좋아하는 노파는 그를 대화에 끌어들이려 했지만 그는 짤막한 몇 마디 외에는 묻는 말에 답변을 하지 않았다. 그리하여 노파는 그의 멋진 눈에도 불구하고 그에게 매번 헛되이 말을 거는 데 지쳐서 그와 작별을 고하며 말했다.

"신사양반, 당신은 너무 천천히 걷는군요. 나는 녹색 뱀을 타고 강을 건너 가 어여쁜 백합에게 내 남편의 귀한 선물을 전해주려면 한 순간도 지체할 수 없어요."

이렇게 말하며 노파는 서둘러 걸어갔고, 그 멋진 젊은이도 마찬가지로 곧장 힘을 내어 급히 그녀를 뒤쫓아 갔다.

젊은이가 외쳤다.

"당신이 어여쁜 백합에게 간다고요! 그럼 우리는 같은 길을 가는군요. 당신이 가지고가는 것은 어떤 선물입니까?"

이에 대해 노파는 이렇게 대답했다.

"신사양반, 당신이 내 질문들을 그렇게 간단히 무시해버리고 나서 내 비밀들에 대해서는 그토록 열렬히 묻는 것은 정당한 일이 아니지요. 하지만 당신이 서로 주고받기로 하고 당신의 사연을 얘기해준다면 나도 당신에게 나와 내 선물에 얽힌 사정을 숨김없이 알려주겠소."

그들은 곧장 의견의 일치를 보았다. 노파는 그에게 자신의 상황을 털어놓았고, 개에 관한 이야기를 해주고는 그 기이한 선물을 살펴보도록 했다.

그는 곧장 그 천연의 예술품을 바구니에서 끄집어내어 살며시 움직이는 것 같은 그 강아지를 가슴에 안았다.

그는 소리쳤다.

"행복한 동물이로구나! 너는 살아있는 것들이 슬픈 운명을 당하지 않도록 그녀 앞에서 달아나는 것과는 달리 그녀의 손으로 어루만져지게 될 것이고, 그녀에 의해 살아나게 되겠지. 하지만 나는 그저 슬프다고만 말하는 것으로는 부족하지! 그녀가 앞에 있음으로써 마비되어버리는 것이 그녀의 손에 의해 죽음을 당하는 것보다 훨씬 더 서글프고 불안한 일이 아닐까?"

그는 계속하여 노파에게 말했다.

"나를 좀 보시오. 내가 살아가는 동안 얼마나 불행한 상황을 견뎌내야 하는지를. 내가 전쟁터에서 명예롭게 입었던 이 갑옷과 지혜로운 통치를 통해 힘겹게 얻었던 이 자포가 각각 불필요한 짐과 쓸데없는 장식물로서 나에게 참혹한 운명을 내려주었지요. 왕관과 왕홀과 칼은 사라졌소. 그밖에도 나는 다른 모든 속인들처럼 헐벗고 굶주리고 있소. 이 모든 것이 그녀의 아름다운 푸른 눈이 불행하게 작용하여 모든 살아있는 것들에게서 힘을 빼앗고, 그녀가 손으로 만져 죽일 수 없는 것들은 살아 움직이는 그림자의 상태로 느끼며 살아가도록 했기 때문이라오."

그는 그렇게 계속 한탄을 했지만 그의 내면의 상태뿐만 아니라 외적인 상태도 알고 싶어 하는 노파의 호기심을 충족시키지는 못했다. 그녀는 그의 아버지의 이름도 왕국의 이름도 알지 못했다. 그는 마치 살아있기라도 하듯 그 딱딱하게 굳은 강아지를 쓰다듬었고, 햇볕과 젊은이의 따스한 가슴이 그것을 따뜻하게 해주었다. 그는 램프를 든 그 남자에 대해,

또한 그 신성한 불빛의 작용에 대해 많은 것을 물었고, 그것이 자신의 비참한 상태에 대해 장차 많은 좋은 것을 약속해 주는 것 같았다.

그들은 이렇게 얘기를 나누는 동안 멀리서 이쪽 강가에서 건너편 강가로 뻗어있는 다리의 웅장한 아치를 보았다. 그것은 햇볕을 받아 아주 멋지게 반짝이고 있었다. 두 사람은 다리가 그토록 찬란하게 보이는 걸 본 적이 없었기에 깜짝 놀랐다.

왕자가 외쳤다.

"와! 우리 눈앞에 벽옥과 석영으로 만들어진 것처럼 서있는 저 다리는 어쩌면 저다지도 아름다울 수 있단 말인가? 저 다리는 에메랄드와 녹옥수와 감람석이 더없이 우아하고 다채롭게 조합되어 이루어진 것으로 보이니 누구나 발을 들여놓는 것을 두려워할 수밖에 없겠지?"

두 사람은 뱀에 의해 일어난 변화를 알지 못했다. 날마다 정오가 되면 강을 가로질러 세워져 멋진 다리의 형태로 서있는 것은 바로 뱀이었던 것이다. 두 보행자는 경외심을 느끼며 다리에 들어서서 말없이 건너갔다.

그들이 강 건너편에 이르자마자 다리는 흔들리며 움직이기 시작했고, 곧장 강물의 표면을 어루만지더니 그 녹색 뱀이 자기 본래의 모습이 되어 땅 위를 걸어가는 그들 보행자를 뒤따랐다. 두 사람은 등을 타고 강을 건너도록 허락해준 데 대해 뱀에게 감사의 말을 했을 때 곧장 그들 셋 외에 틀림없이 또 다른 여러 사람이 무리지어 있다는 것을 알아차렸다. 그러나 두 사람은 눈으로는 그들을 볼 수 없었다.

그들은 옆에서 누군가가 속삭이는 소리를 들었는데, 이에 뱀이 곧장 속삭이며 대답했다. 그들은 귀를 기울였고, 마침내 둘이서 주고받는 다음과 같은 목소리를 알아들을 수 있었다.

"우리는 우선 어여쁜 백합의 정원에서 아무도 모르게 서성일 테니 밤이 되어 우리가 눈에 띄게 되면 즉시 우리를 그 완전한 미의 여인에게 소개시켜줄 것을 부탁합니다. 당신은 큰 호숫가에서 우리를 만나게 될 것입니다."

"그렇게 하지요."

뱀은 이렇게 대답했고, 속삭이는 소리는 공중으로 사라졌다.

우리의 세 여행자는 이제 어떤 순서로 그 어여쁜 여인 앞

에 다가갈 것인지를 상의했다. 그녀 주위에는 많은 사람들이 있을 수 있었기 때문에 그들이 혹독한 고통을 당하지 않으려면 각각 한 사람씩 드나들어야 했다.

바구니 안에 변해버린 개를 갖고 있는 노파가 먼저 정원으로 접근해가 자신의 후원녀인 백합을 찾았는데, 그녀는 막 하프에 맞춰 노래를 부르고 있었기 때문에 쉽게 찾을 수 있었다. 은은한 노랫소리는 먼저 잔잔한 호수의 표면에 둥근 물결이 되어 나타나더니 곧 부드러운 입김과도 같이 잔디와 초목을 살랑이게 했다. 그녀는 다양한 종류의 멋진 나무들이 그림자를 드리운, 둘레가 막힌 초원광장에 앉아있었고, 노파가 처음 바라보자마자 그녀의 눈과 귀와 심장을 다시금 매혹시켰다. 노파는 놀라워하며 그녀에게 다가갔고, 그 어여쁜 여인이 자기가 없는 동안 더욱 더 아름다워졌다는 것을 확인했다. 선량한 노파는 멀리에서부터 그 사랑스런 소녀에게 인사와 칭찬의 말을 외쳤다.

"당신을 보게 되다니 더 없이 큰 행운이며, 당신의 존재는 주변에 천국과도 같은 세상을 펼치고 있구려! 하프는 당신의 무릎에 그토록 매혹적으로 기대어 있고, 당신의 두 팔은 그것을 그토록 부드럽게 감싸고 있으며, 그것은 당신의 가슴을 그리워하는 듯하고, 당신의 가는 손가락들이 닿으면서 그토록 사랑스런 음을 울리는구려! 당신의 자리를 차지할 수 있는 젊은이야말로 더없이 복도 많겠구려!"

노파는 이렇게 말하면서 그녀에게 더 가까이 다가갔다. 어여쁜 백합은 눈을 떴고, 양손을 내려놓고는 말했다.

"당치않은 칭찬으로 나를 슬프게 하지 마오. 나는 그럴수록 내 불행이 더 커지는 걸 느낀다오. 보세요. 여기 내 발밑에 불쌍한 카나리아가 죽어 있지요. 그 새는 전에는 내 노래들을 아주 우아하게 따라 불렀고, 내 하프에 앉는 것이 몸에 뱄었으며, 나를 건드리지 않도록 세심하게 조련되었지요. 오늘 내가 잠에서 일어나 상쾌한 기분으로 조용한 아침노래를 부르기 시작하고, 이 내 작은 가수가 다른 때보다 더 기분 좋게 내 조화로운 음을 들으려고 하는 사이 매 한 마리가 내 머리 위로 날아갔지요. 이 불쌍한 작은 동물은 깜짝 놀라서 내 가슴속으로 도망쳐 들어왔고, 그 순간 나는 그것이 삶과 작별하는 마지막 경련을 일으키는 것을 느꼈다오. 그 강도 같은 매는 내 시선과 마주쳐 힘을 못 쓰게 된 채 호숫가를 기어 다니게 되었지요. 하지만 매에게 그런 벌이 내려졌다 해도 내 아끼는 것이 죽었으니 아무 도움도 될 수 없지요. 또한 그것의 무덤은 내 정원의 슬픈 수풀만 늘려나갈 뿐이겠지요."

노파는 그 불행한 소녀의 이야기를 듣고 눈에서 흘러내린 눈물을 닦으면서 외쳤다.

"힘내세요, 어여쁜 백합이여! 정신 차리세요. 내 나이가 말해주는 건데, 당신은 당신의 슬픔을 누그러뜨리고, 가장 큰 불행을 가장 큰 행복의 전조로 보아야 해요. 때가 되었기 때문이지요. 그리고 실제로 세상일이란 변화무쌍하게 되어가지요. 내 손이 얼마나 검게 변했는지 좀 보세요! 정말 이 손은 벌써 훨씬 작아졌으며, 완전히 사라지기 전에 나는 서둘러야 해요! 내가 왜 도깨비불들에게 호의를 내보이고, 왜 거인을 만나고, 왜 내 손을 강물에 담가야 했는지? 내게 양배추 한 개와 아티초크 한 개와 양파 한 개를 주실 수 있는지요? 그러면 나는 그것들을 강에게 가져다주고, 내 손은 전처럼 하얗게 되어 당신의 손과 거의 비슷한 상태로 유지할 수 있을 텐데요."

"양배추와 양파는 아마 찾을 수 있을 거요. 하지만 아티초크는 아무리 찾아도 없을 거요. 내 넓은 정원에 있는 모든 식물들은 꽃도 열매도 맺지 않아요. 하지만 내가 꺾어서 아끼는 것의 무덤에 심는 모든 나뭇가지는 곧장 푸르러져 하늘높이 자라난다오. 나는 유감스럽게도

이 모든 것들, 즉 초목과 숲들이 자라는 것을 보아왔지요. 이 소나무들의 우산, 이 실측백나무들의 뾰족탑, 참나무와 밤나무의 거대한 입상들은 모두 슬픈 기념물로서 내손에 의해 아무 것도 자라지 않던 땅에 심어진 것들이지요."

노파는 이 말에 거의 주의를 기울이지 않고 어여쁜 백합 앞에서 점점 더 검어지고 시시각각 더 작아지는 것처럼 보인 자신의 손만 바라볼 뿐이었다. 그녀는 바구니를 들고 막 떠나려고 하다가 가장 중요한 것을 잊었다는 느낌이 들었다. 그녀는 곧장 변해버린 개를 꺼내들어 어여쁜 백합에게서 그다지 떨어지지 않은 풀밭 속에 놓았다.

그녀는 말했다.

"제 남편이 당신에게 이 기념물을 보냈지요. 아시다시피 당신은 이 보석을 어루만짐으로써 다시 살아나게 할 수 있지요. 이 귀엽고 충직한 동물이 당신에게 틀림없이 많은 기쁨을 줄 거예요. 또한 제가 그것을 잃은 슬픔은 당신이 그것을 가

지고 있다는 생각에 의해 말끔히 가시게 될 거예요."

어여쁜 백합은 그 귀여운 동물을 만족해하며 바라보았고, 그것이 놀랄 만큼 빛나는 것을 보았다.

백합은 말했다.

"내게 어느 정도 희망을 불러일으키는 많은 징조들이 한꺼번에 일어나는군요. 아! 그런데 우리가 많은 불행이 한꺼번에 닥칠 경우 가장 길한 것이 다가와 있다고 상상하는 것은 우리들 천성의 망상이 아닐까요?

나를 도울 많은 좋은 징조들이 내게 무슨 소용이 있으랴.
새의 죽음, 친구 여인의 검은 손은 뭔가?
보석 강아지는 자기 본래성질을 지니고 있을까?
또한 그것은 램프가 내게 보낸 게 아닐까?

달콤한 인간세계의 즐거움에서 벗어나
나는 슬픔에 젖어있을 뿐이네.
아! 어찌하여 사원은 강가에 서있지 않은지!
아! 다리는 어찌하여 세워지지 않는지!"

선량한 노파는 초조한 마음으로 어여쁜 백합이 하프의 우아한 음에 맞춰 부름으로써 모든 사람들을 감동시킨 이 노래에 귀를 기울였다. 그녀는 막 떠나려고 하던 차에 녹색 뱀이 나타남으로써 그대로 있게 되었다. 뱀은 이 노래의 마지막 행을 듣고는 곧장 기대에 차서 어여쁜 백합에게 용기를 불어넣어주었다.

뱀은 외쳤다.

"다리에 대한 예언은 이루어졌소이다! 아치가 지금 얼마나 찬란하게 보이는지 이 선량한 부인에게 물어 보시오. 전에는 꿰뚫어볼 수 없던 벽옥과 기껏 구석이나 희미하게 비추던 석영이 이제 투명한 보석이 되었어요. 어떤 녹주옥도 그처럼 맑을 수 없고, 어떤 에메랄드도 그처럼 아름다운 빛깔일 수 없지요."

백합이 말했다.

"그렇게 된 것을 축하해요. 그러나 미안하지만 나는 예언이 아직 이루어지지 않았다고 믿고 있어요. 보행자들만이 당신 다리의 높은 아치를 지나 저쪽으로 건너갈 수 있는데, 우리에게는 모든 종류의 말과 마차와 여행자들이 다리를 건너오기도 하고 건너가기도 하기로 약속되었지요. 강에서 저절로 솟아오르게 될 커다란 교각들에 대해서는 예언되지 않았나요?"

노파는 계속 자신의 손에만 시선을 고정시켜 왔는데, 이제 대화를 중단시키고는 작별인사를 했다.

어여쁜 백합이 말했다.

"잠깐 기다리세요. 내 불쌍한 카나리아를 가져가세요. 램프에게 그것을 아름다운 황옥으로 변화시켜 달라고 부탁하세요. 그러면 나는 그것을 어루만져 다시 살아나게 할 것이며, 당신의 착한 강아지와 함께 그것은 내가 시간을 보내는 데 있어 가장 좋은 친구가 될 것이오. 그런데 가능한 한 빨리 서두르세요. 해가 지면 그 몹쓸 부패가 그 불쌍한 동물에게 덤벼들어 아름답게 조합된 형체를 영원히 갈기갈기 찢어놓을 테니까요."

노파는 그 조그만 사체를 바구니 속 부드러운 나뭇잎들 사이에 집어넣고 급히 떠났다.

뱀은 중단된 대화를 계속하여 이어갔다.

"사원에 관해서는 무슨 말인지요. 사원은 세워져 있는

데요."

백합이 대답했다.

"하지만 그것은 아직 강가에 서있지 않아요."

뱀이 말했다.

"그것은 아직 땅 속 깊은 곳에 있지요. 나는 왕들을 보았고 이야기를 나누었지요."

백합이 물었다.

"그런데 그들은 언제 일어나게 되나요?"

뱀이 대답했다.

"나는 사원에서 울려 퍼지는 중요한 말을 들었지요. '때가 되었다.'라는."

어여쁜 백합의 안면에 우아한 기쁨의 빛이 퍼졌다. 그리고 그녀는 말했다.

"나는 오늘 그 행운의 말을 두 번째로 듣고 있군요. 내가 그 말을 세 번째로 듣게 될 날은 언제 올까요?"

백합은 일어섰고, 곧장 한 매력적인 소녀가 숲에서 나와 백합에게서 하프를 받아들었다. 이 소녀에 이어 또 한 소녀가 나타나 백합이 앉았던 상아로 조각된 야외의자를 접었고, 은으로 된 방석을 팔 밑에 끼었다. 이어서 진주로 수놓은 커다란 양산을 든 세 번째 소녀가 나타나 백합이 산책길에 자신을 필요로 할지 대기하고 있었다. 이 세 소녀는 이루 다 표현하기 어려울 만큼 아름답고 매력적이었지만 백합의 아름다움을 높여줄 뿐이었다. 그래서 누구나 그들은 백합과는 전혀 비교될 수 없다고 고백하지 않을 수 없었다.

그러는 사이 백합은 그 기이한 강아지를 호감을 가지고 바라보고 있었다. 그녀는 몸을 굽혀 그것을 어루만졌고, 그 순간 그것은 펄쩍 뛰어올랐다. 강아지는 쾌활하게 주변을 둘러보았고, 이리저리 뛰어다니다가 마지막으로 그의 은인에게 재빨리 달려가 지극히 정겹게 인사를 했다. 그녀는 그것을 팔로 안아 가슴에 꼭 껴안았다.

그녀는 외쳤다.

"너는 무척이나 차갑구나. 비록 네 몸에서는 절반의 생명만이 작용하지만 나는 너를 환영한다. 나는 너를 가슴깊이 사랑할 것이며, 너와 점잖게 장난을 칠 것이고, 너를 정겹게 쓰다듬어줄 것이며, 내 가슴에 너를 꼭 껴안아줄 것이다."

그녀는 그런 다음 그것을 풀어주었고, 쫓아냈다가 다시

불렀으며, 그것과 아주 점잖게 장난을 쳤고, 그것을 데리고 아주 쾌활하고 천진난만하게 잔디밭을 맴돌았다. 그리하여 조금 전 그녀의 슬픔이 모두의 가슴을 동정으로 몰아넣은 것과는 달리 사람들은 새로이 깜짝 놀라며 그녀의 기쁨을 바라보았고, 함께 기뻐하지 않을 수 없었다.

이런 쾌활함과 점잖은 장난은 그 슬픈 젊은이가 나타남으로써 중단되었다. 그는 이미 우리가 알고 있는 모습으로 들어섰지만 한낮의 더위는 그를 더 야위게 만든 듯했고, 사랑하는 여인 앞에서 순간순간 더 창백해져 갔다. 그는 손에 그 매를 들고 있었고, 매는 비둘기처럼 조용히 앉아서 날개를 내려뜨리고 있었다.

백합은 그를 향해 외쳤다.

"당신이 그 저주스런 동물을, 오늘 내 작은 가수를 죽인 그 끔찍스런 것을 내 눈앞에 가져오다니 무례하군요."

젊은이는 이에 대해 이렇게 대답했다.

"불행한 새를 나무라지 마시오! 그보다는 오히려 당신 자신과 운명을 책망하고, 내가 내 불행의 동반자와 어울리는 것을 허용해 주시오."

그러는 동안 강아지는 쉬지 않고 어여쁜 백합을 핥았고, 그녀는 그 투명한 귀염둥이를 지극히 다정한 몸짓으로 대했다. 그녀는 그것을 겁주기 위해 손뼉을 쳤다. 그런 다음 그것을 다시 자기에게 다가오게 하려고 달음질쳤다. 그녀는 그것이 달아나면 붙잡으려고 했고, 자기에게 달려들려고 하면 쫓아버렸다. 젊은이는 말없이 점점 더한 불쾌감을 느끼며 바라보았다. 그러나 그녀가 그에게는 몹시 혐오스럽게 여겨진 그 추한 동물을 팔로 안아 그녀의 하얀 가슴에 끌어당겨 신성한 입술로 입맞춤을 하자 마침내 그에게서는 인내심이 몽땅 사라졌다. 그는 온통 절망에 차 이렇게 외쳤다.

"슬픈 운명에 의해 어쩌면 영원히 헤어진 상태로 당신 앞에서 살아야 하는 내가, 또한 당신에 의해 모든 것을, 나 자신까지도 잃어버린 내가 자연법칙에 어긋나는 저 기형물이 당신을 기쁨으로 이끌고, 당신의 호감을 독차지하고, 당신의 포옹을 즐기는 걸 두 눈으로 바라보아야 한단 말인가! 나는 아직도 더 오랫동안 이리저리 방랑하고, 강을 건너오고 건너가는 슬픈 순환의 여정을 계속해야 한단 말이오? 아니오. 내 가슴속에는 아직 옛 영웅적 용맹의 불꽃이 남아 있소. 그것이 지금 이 순간 최후의 불길로 타오르고 있소! 당신의 가슴에 돌들이 머물 수 있다면 나는 기꺼이 돌이 되겠소. 당신이 어루만져 죽인다면 나는 당신의 손에 죽을 것이오."

이렇게 말하며 그는 격렬하게 몸을 움직였다. 매는 그의 손에서 달아나 어여쁜 백합에게로 황급히 날아들었고, 그녀는 그것을 떨쳐내려고 두 손을 뻗침으로써 그를 더 일찍 만지게 되었을 뿐이었다. 그는 의식을 잃었고, 그녀는 깜짝 놀라며 가슴에 무거운 압박을 느꼈다. 그녀는 비명을 지르며 뒤로 물러섰고, 그 귀여운 젊은이는 의식을 잃은 채 그녀의 팔을 놓고 땅바닥으로 쓰러졌다.

불행한 일은 벌어지고 말았으니! 어여쁜 백합은 꼼짝하지 않고 서서 의식을 잃은 시체를 꼿꼿이 바라보았다. 그녀의 가슴은 심장이 멎는 듯했고, 눈에서는 눈물조차 말랐다. 강아지가 그녀에게서 다정한 몸짓을 받으려고 애썼지만 헛일이었다. 그녀의 친구와 함께 온 세상이 죽어버렸다. 그녀는 도움받을 곳을 알지 못했기에 그녀의 말없는 절망은 도움을 찾아 두리번거리지도 않았다.

반면에 뱀은 더욱 더 부지런히 움직였다. 뱀은 구출을 생각하고 있는 것 같았는데, 실제로 그것의 특별한 움직임은 적어도 다음에 이어질 불행의 끔찍한 결과를 잠시 동안 저지하는 데 기여했다. 뱀은 유연한 몸으로 시체 둘레에 넓게 원을 만들었고, 꼬리의 끝을 이빨로 문 채 조용히 누워있었다.

오래지 않아 백합의 아름다운 시녀들 중 한 사람이 나타나 상아로 된 야외의자를 가져와 친절한 몸짓으로 어여쁜 백합에게 앉도록 권했다. 곧 이어 두 번째 시녀가 왔는데, 그녀는 붉은 면사포를 가져와 그것으로 상전인 백합의 머리를 씌워 준다기 보다는 장식해주었다. 세 번째 시녀는 백합에게 하프를 넘겨주었다. 백합이 그 화려한 악기를 끌어당겨 줄을 통해 몇 개의 음을 매혹적으로 울리자 첫 번째 시녀가 곧장 밝고 둥근 거울을 가지고 뒤로 물러나 어여쁜 백합을 마주 보고 서서 그녀의 시선을 끌어 모아 그녀에게 세상에서 찾을 수 있는 가장 우아한 모습을 표현해 주었다. 고통은 그녀의 아름다움을, 면사포는 그녀의 매력을, 하프는 그녀의 우아함을 높여주었다. 사람들은 그녀의 슬픈 상황이 바뀌는 걸 보게 되길 바랐고, 그녀의 모습을 지금 보이는 그대로 영원히 간직할 수 있기를 원했다.

그녀가 차분한 눈길로 거울을 바라보면서 곧 악기로 감미로운 음을 내자 곧장 그녀의 고통은 더 고조되는 듯했으며, 악기는 그녀의 슬픔에 격렬하게 답했다. 그녀는 몇 번 입을 열어 노래를 부르려고 했지만 목소리가 나오지 않았고, 곧장 그녀의 고통은 눈물이 되어 녹아내렸다. 두 소녀가 그녀의 팔을 붙들어 부축했고, 하프가 그녀의 무릎에서 떨어져 내리자 곧장 날쌘 시녀가 그것을 집어 옆으로 치웠다.

"누가 해 지기 전에 램프를 든 그 남자를 우리에게 나타나게 할 것인가?"

뱀이 나지막하지만 들을 수 있을 정도로 속삭였고, 소녀들은 서로를 쳐다보았으며, 백합의 눈물은 더 많이 흘러내렸다.

이 순간 바구니를 든 노파가 헐레벌떡 되돌아왔다.

그녀는 소리쳤다.

"나는 망가지고 훼손되었어요. 내 손이 거의 완전히 사라진 것 좀 보세요. 내가 아직 강물에게 빚을 갚지 못한 빚쟁이라서 뱃사공도 거인도 나를 건네주려 하지 않았어요. 나는 백 개의 양배추와 백 개의 양파를 받쳤지만 내가 빚진 그 세 개 외에는 받으려 하지 않는 거예요. 그런데 이 근처에서는 도무지 아티초크는 찾을 수가 없어요."

그러자 뱀이 말했다.

"고통은 잊고 여기서 도움이 되는 걸 찾아보세요. 어쩌면 쉽사리 도움을 받을 수 있을 거요. 할 수 있는 한 서둘러 도깨비불들을 찾으세요. 아직 그들을 볼 수 있기에는 너무 밝지만 당신은 아마 그들이 웃고 몸을 흔드는 소리는 들을 수 있을 거요. 그들이 서둘러 오고 있다면 거인이 그들을 태워 강을 건네주고 있을 거요. 그들이 램프를 든 남자를 찾아서 보내줄 수 있을 거요."

노파는 할 수 있는 한 서둘렀고, 뱀은 백합과 마찬가지로 초조하게 두 도깨비불이 돌아오기를 기다리는 듯했다. 그러나 안타깝게도 지는 해의 햇살은 빽빽한 숲의 나무꼭대기만을 금빛으로 물들이고 있었고, 긴 그림자가 호수와 초원 위로 뻗쳤다. 뱀은 초조하게 움직였고, 백합은 눈물을 흘렸다.

이렇게 곤경에 처한 뱀은 이리저리 둘러보았다. 해가 지고 부패가 그 마법의 원을 뚫고 들어와 아름다운 젊은이를 가차 없이 공격하게 될 것을 시시각각 두려워했기 때문이다. 마침내 뱀은 높은 공중에서 심홍색 깃털을 한 매를 발견했는데,

그것은 가슴에 마지막 햇살을 받고 있었다. 뱀은 좋은 징표를 본 데 대해 기쁨에 몸을 흔들었고, 그것은 들어맞았다. 왜냐하면 곧 이어 램프를 든 남자가 마치 스케이트를 타듯 호수를 건너 미끄러져오고 있는 것이 보였기 때문이다.

뱀은 자신의 자세를 바꾸지 않았지만 백합은 일어서서 램프를 든 남자에게 외쳤다.

"어느 착한 영혼이 당신을 그토록 갈망하고 필요로 하는 이 순간에 당신을 보냈나요?"

노인이 대답했다.

"내 램프의 영혼이 나를 내몰고, 매가 나를 이곳으로 이끌었지요. 램프는 사람들이 나를 필요로 할 때 불꽃을 튀기며, 그러면 나는 공중을 둘러보고 징표를 찾기만 하면 되지요. 새나 별똥이 내게 어디로 가야 하는지 방향을 가리켜 주지요. 안심하세요, 너무도 어여쁜 소녀여! 내가 도울 수 있을지 모르겠소. 한 사람만으로는 돕지 못하고, 많은 사람들과 적시에 한데 뭉쳐야 해요. 우리 마음을 열고 희망을 품어봅시다."

노인은 뱀에게로 몸을 돌리더니 뱀 옆 흙더미에 앉아 그 죽은 사체에 빛을 비추면서 계속하여 말했다.

"원을 그대로 풀지 말고 있어요. 그리고 저 귀여운 카나리아도 가져다가 원 안에 놓으세요."

소녀들은 노파가 세워놓은 바구니에서 그 조그만 사체를 꺼내 노인의 말대로 행했다.

그 사이 해는 졌고, 어둠이 짙어지자 뱀과 노인의 램프가 나름대로의 방식으로 빛을 내기 시작했고, 백합의 면사포 또한 스스로 부드러운 빛을 내어 연한 아침노을과도 같이 그녀의 창백한 뺨과 하얀 옷을 한없이 우아하게 물들였다. 사람들은 서로를 조용히 관찰하며 바라보았는데, 모두들 근심과 슬픔이 확실한 희망에 의해 누그러지고 있었다.

그리하여 늙은 부인은 두 쾌활한 불꽃과 어울리는 것이 불편하지 않은 듯 보였다. 그 불꽃들은 그 동안 몹시 많은 소모를 했음에 틀림없었는데, 다시 지극히 야위었기 때문이다. 그러나 그들은 그렇기에 공주와 그 밖의 여자들에 대해 더욱 더 점잖게 행동했다. 그들은 무척 분명하게, 또한 여러 가지 많은 표현을 써서 꽤 일반적인 것들을 말했고, 특히 백합과 시중드는 여자들을 감싼 빛나는 면사포가 퍼뜨리는 매력을 기꺼이 받아들이는 태도를 보였다. 여자들은 수줍어서 눈을 내리깔았고, 그들의 아름다움에 대한 칭찬은 그들을 정말로 더 아름답게 만들었다. 노파를 제외하고는 모두가 만족하고 안심했다. 자신의 램프가 빛을 비춰주는 한 노파의 손은 더는 줄어들지 않을 것이라는 남편의 확신에도 불구하고 노파는 이렇게 가다가는 자정이 되기 전에 고상한 손가락들이 완전히 사라져버릴 것이라고 거듭 주장했다.

램프를 든 노인은 도깨비불들의 대화를 주의 깊게 듣고 백합이 이런 흥겨움에 의해 기분이 풀어지고 명랑해진 것이 만족스러웠다. 이윽고 자정이 다가왔고, 사람들은 무엇이 어떻게 되는 건지 알 수 없었다. 노인은 별들을 바라본 다음 이렇게 말하기 시작했다.

"우리는 행운의 시간에 함께하고 있소. 모두가 자신의 직무를 완수하고, 자신의 의무를 다한다면 공동의 불행이 개개인의 기쁨을 갉아먹듯이 공동의 행복이 개개인의 고통을 저절로 해소시킬 것이오."

이 말에 따라 이상한 소란함이 일었는데, 그 자리에 있던 모든 사람들이 혼잣말을 하고 각자 무엇을 해야 할 것인지를 큰 소리로 떠들어댔기 때문이다. 세 소녀만은 조용했다. 한 소녀는 하프 옆에서, 또 다른 소녀는 양산 옆에서, 세 번째 소녀는 안락의자 옆에서 잠이 들어 있었다. 그리고 밤이 늦었기 때문에 그런 그들을 나쁘게 생각할 수 없었다. 불꽃을 내는 젊은이들은 시녀들에게도 몇 마디 지나가는 인사말을 했었는데, 그런 다음 마지막으로 최고의 미인으로 여기며 백합 옆에만 서 있게 되었다.

노인이 매에게 말했다.

"거울을 집어라. 그리고 첫 햇살로 잠자는 여인들을 비추고 공중에서 반사되는 빛으로 그들을 깨우거라."

뱀은 이제 몸을 움직이기 시작했고, 원을 풀고는 커다란 고리 모양을 한 채 천천히 강을 향해 이동했다. 두 도깨비불도 엄숙하게 뱀의 뒤를 따랐고, 사람들은 아마 그들을 가장 진정한 불꽃으로 여겼을 것이다. 노파와 그녀의 남편은 그때까지 부드러운 빛을 낸다는 것을 거의 알아차리지 못했던 바구니를 양쪽에서 붙들고 갔다. 바구니는 점점 더 커져서 더 많은 빛을 내게 되었고, 이어서 노파와 남편은 젊은이의 시체를 들어 올려 바구니 안에 넣고는 그의 가슴 위에 카나리아를 놓았다. 바구니는 위로 솟아올라 노파의 머리 위에서 둥둥 떠갔고, 노파는 도깨비불들을 바짝 뒤따라갔다. 어여쁜 백합은 강아지를 팔에 안고 노파의 뒤를 따랐으며, 램프를 든 남자가 행렬의 끝에 섰다. 주변은 이 여러 가지 불빛들로 인해 몹시 기묘하게 밝아졌다.

일행은 강에 도착하자 적잖이 놀라면서 강을 가로질러 솟아있는 찬란한 아치를 보았다. 베풀기 좋아하는 착한 뱀이 그들에게 이 다리를 통해 반짝이는 길을 마련해준 것이다. 낮에는 사람들이 서로 연결되어 다리를 이루고 있는 것처럼 보이는 투명한 보석들을 보고 놀랐다면 밤에는 그것들의 반짝이는 찬란함으로 놀랐다. 위쪽으로는 밝은 원이 어두운 하늘과 뚜렷하게 구별되었지만 아래쪽으로는 강렬한 불빛이 중앙으로 집중되어 움직이는 다리의 안정성을 나타내주고 있었다. 행렬은 천천히 건너갔고, 자신의 오두막집에서 멀리 앞을 내다보던 뱃사공은 강을 건너 뻗어 있는 빛나는 원과 기이한 불빛들을 깜짝 놀라며 바라보았다.

그들이 강 건너에 도착하자 아치는 곧장 나름의 방식대로 흔들리더니 물결과 같은 형태로 강물에 접근하기 시작했다. 그런 다음 뱀은 곧장 몸을 움직여 땅을 밟았고, 바구니는 땅

위에 내려앉았으며, 뱀은 다시 자기 몸으로 둥글게 원을 만들었다. 노인은 뱀 앞에 몸을 구부리고는 말했다.

"그대는 무슨 결심을 했소?"

뱀이 대답했다.

"제가 희생당하기 전에 스스로 희생하려고요. 당신은 땅에 어떤 돌도 남겨두지 않겠다고 제게 약속해 주세요."

노인은 약속을 한 다음 어여쁜 백합에게 말했다.

"왼손으로는 뱀을 만지고 오른손으로는 그대의 애인을 만지시오."

백합은 무릎을 굽히고 앉아 뱀과 시체를 만졌다. 그 순간 시체는 생명을 되찾은 듯했고, 바구니 안에서 움직였으며, 높이 일어섰다가 앉았다. 백합은 그를 껴안으려 했지만 노인이 제지했다. 그는 그 대신 젊은이가 바구니와 원에서 걸어 나올 때 그를 일으켜 세우고 이끌어주었다.

젊은이는 서있었고, 카나리아는 그의 어깨 위에서 날개를 푸덕였다. 둘은 다시 살아났지만 정신은 아직 돌아오지 않았다. 그 멋진 친구는 눈을 뜨고는 있었으나 보지는 않았으며, 적어도 모든 것을 아무 관심 없이 바라보는 것 같았다. 이 사

건에 대한 놀람이 어느 정도 가라앉자 사람들은 비로소 뱀이 기이하게 변해버린 것을 알아차렸다. 뱀의 아름답고 홀쭉한 몸이 수천 개의 반짝이는 보석이 되어 부서졌다. 자신의 바구니를 붙잡으려던 노파가 부주의하여 뱀을 건드리게 되었던 것이다. 사람들은 더 이상 뱀의 형태는 볼 수 없었고, 잔디밭 안에는 반짝이는 보석들로 된 아름다운 원만이 놓여 있었다.

노인은 곧 돌들을 바구니에 담을 준비를 했고, 그의 부인이 그를 도와야 했다. 그런 다음 두 사람은 바구니를 강가의 어느 높이 솟은 곳으로 가져갔고, 노인은 그 중 몇 개를 골라 갖고 싶어 했을 어여쁜 백합과 그의 부인의 반감을 사며 바구니에 담긴 모든 돌들을 강물에 쏟아 부었다. 돌들은 빛을 내며 반짝이는 별들과 같이 물결을 타고 헤엄쳐갔고, 사람들은 그것들이 멀리에서 사라져버렸는지 가라앉았는지 구별할 수가 없었다.

그런 다음 노인은 도깨비불들에게 정중하게 말했다.

"신사양반들, 이제 내가 당신들에게 길을 가리켜주고 통로를 열어줄 테니 우리에게 성전의 문을 열어준다면 당신들은 우리에게 가장 큰 일을 해주게 된다오. 우리가 이번에는 그 문을 통해 들어가야만 하는데 그것은 당신들 외에는 아무도 열 수가 없소."

도깨비불들은 공손하게 몸을 숙이고 뒤에 쳐졌다. 램프를 든 노인이 그의 앞에서 열린 바위 안으로 앞장서 걸어갔다. 젊은이가 거의 기계적으로 노인의 뒤를 따랐고, 백합이 조용하고 모호한 태도로 조금 떨어져서 젊은이의 뒤에 섰다. 노파는 뒤에 쳐지려 하지 않았고, 남편의 램프 불빛이 비출 수 있도록 손을 뻗었다. 이제 도깨비불들이 행렬을 마무리 지었는데, 그들은 불꽃의 끝을 서로에게 기울이며 서로 얘기를 나누는 듯이 보였다.

그들이 그다지 오래 가지 않아 행렬은 어느 커다란 청동문 앞에 이르렀는데, 대문은 금으로 된 자물통으로 잠겨 있었다. 노인은 곧장 도깨비불들을 불렀고, 그들은 오래 희희낙락거리지 않고 최대한 뾰족하게 키운 불꽃으로 열심히 자물통과 빗장을 녹여 없앴다.

청동이 큰 소리를 울리자 문이 재빨리 열리고 성전 안에서는 안으로 들어서는 불빛들을 받으며 위엄 있는 왕들의 조각상들이 나타났다. 모두가 그 존엄한 지배자들 앞에 몸을 숙였고, 특히 도깨비불들은 서로 뒤얽혀 몸을 굽혔다.

잠시 후 금으로 된 왕이 물었다.

"너희는 어디서 왔느냐?"

노인이 대답했다.

"세상에서요."

은으로 된 왕이 물었다.

"너희는 어디로 가느냐?"

노인이 대답했다.

"세상으로요."

청동으로 된 왕이 물었다.

"우리한테 무얼 원하느냐?"

노인이 말했다.

"전하들을 따르기를 원합니다."

혼합되어 만들어진 왕이 막 말을 하려고 하는데 금으로 된 왕이 자기 곁으로 너무 가까이 다가온 도깨비불들에게 말했다.

"내게서 멀리 떨어져라. 내 금은 너희의 식욕을 충족시키기 위해 존재하는 게 아니니라."

그러자 그들 일행은 은으로 된 왕에게 몸을 돌려 그의 곁으로 바짝 다가갔고, 그의 옷은 그들의 노란 반사광에 의해 아름답게 반짝였다.

그는 말했다.

"너희들을 환영한다. 하지만 나는 너희를 먹일 수는 없다. 배는 밖에서 채우고 내게 너희의 빛을 가져다주어라."

그들은 그에게서 멀어져 그들을 알아보지 못한 듯이 보인 청동으로 된 왕을 지나쳐 혼합되어 만들어진 왕에게로 살금살금 걸어갔다.

혼합되어 만들어진 왕이 더듬거리는 목소리로 외쳤다.

"누가 세상을 지배할 것이냐?"

노인이 대답했다.

"자신의 발을 딛고 서있는 사람이요."

혼합되어 만들어진 왕이 말했다.

"그게 난데!"

노인이 말했다.

"밝혀지게 될 것입니다. 때가 되었으니까요."

어여쁜 백합은 노인의 목을 끌어안고 그에게 지극히 정겹게 입맞춤했다.

백합은 말했다.

"성스런 아버지, 너무나도 감사합니다. 내가 그 예감에 찬 말을 세 번째로 들었기 때문입니다."

말을 하려던 백합은 노인을 더 꼭 끌어안았는데, 그들의 발밑에서 땅이 흔들리기 시작했기 때문이다. 노파와 젊은이도 서로 꼭 붙들었고, 움직이는 도깨비불들만이 아무 것도 감지하지 못했다.

사람들은 닻을 올린 배가 항구를 부드럽게 벗어나는 것과 같이 사원 전체가 움직이는 것을 분명하게 느꼈다. 사원이 통과해 갈 때 앞쪽에 깊숙한 땅이 열리는 것 같았다. 사원은 어디에서도 방해물을 만나지 않았고, 나아가는 도중에 바위는 없었다.

잠깐 동안 원형천장의 구멍을 통해 가는 빗방울들이 안으로 흩뿌려 들어오는 듯했다. 노인은 어여쁜 백합을 더 꼭 붙잡고 말했다.

"우리는 강 밑에 있으며 곧 목적지에 도착하게 됩니다."

그 후 오래지 않아 그들은 멈춰서있다고 생각했지만 착각이었다. 사원이 위로 솟아오른 것이었다.

이제 그들의 머리 위에서 이상한 소음이 일어났다. 판자들과 대들보들이 뒤죽박죽 뒤엉켜 원형천장의 구멍으로 우지끈 부러지는 소리를 내며 밀려들기 시작했다. 백합과 노파는 펄쩍 뛰어 옆으로 비켰고, 램프를 든 남자는 젊은이를 붙들고 서있었다. 사원이 솟아오르면서 땅에서 떼어내 품에 안았던 뱃사공의 작은 오두막집이 점차 내려앉아서 젊은이와 노인을 뒤덮었다.

여자들은 크게 소리 질렀고, 사원은 마치 예기치 않게 땅과 충돌한 배처럼 흔들렸다. 여자들은 공포에 떨며 어스름 속에서 오두막집 둘레를 헤맸고, 문은 잠겨있어 그들이 두드려도 아무런 응답이 없었다. 그들은 더 세차게 두드렸고, 마침내 나무문이 딸그랑거리며 울리기 시작하자 적잖이 놀랐다. 숨겨져 있던 램프의 힘에 의해 오두막집은 안에서부터 은이 되었다. 오래지 않아 오두막집은 모습을 바꾸었는데, 그 고상한 금속이 판자와 기둥과 대들보의 제멋대로의 형태에서 벗어나 세공작업에 의해 이루어진 멋진 집으로 확장되었던 것이다. 이제 커다란 사원의 중앙에 멋진 작은 사원 하나가 서

있게 되었으며, 그것은 원한다면 사원의 제단으로도 이용할 만했다.

이제 안에서 위쪽으로 난 계단을 통해 그 고상한 젊은이가 위로 올라갔다. 램프를 든 남자가 젊은이를 비춰주었다. 또 다른 한 남자도 젊은이를 호위해 주는 것 같았는데, 그는 흰색의 짧은 옷을 입고 나타났고 손에는 은으로 된 노를 들고 있었다. 그의 모습에서는 곧장 그가 전에 변해버린 오두막집에서 살았던 뱃사공임을 알아볼 수 있었다.

어여쁜 백합은 사원에서 제단으로 연결된 바깥쪽 계단을 올라갔지만 여전히 애인과는 떨어져 있을 수밖에 없었다. 램프가 숨겨져 있는 동안 손이 점점 작아져버린 노파는 소리를 질렀다.

"나는 아직도 불행해져야 하나요? 그 많은 기적들 가운데 내 손을 구해줄 기적은 없나요?"

노파의 남편은 열려있는 문을 가리키며 말했다.

"이봐요, 날이 밝고 있어요. 서둘러 가서 강에서 목욕을 해요."

노파는 외쳤다.

"무슨 말을 하는 거예요. 나는 아직 빚을 갚지 않았으니 나더러 완전히 검어져서 완전히 사라져버리란 말이군요."

노인이 말했다.

"가서 내 말대로 해요! 빚은 모두 갚았어요."

노파는 서둘러 떠났다. 그 순간 떠오르는 태양의 빛이 둥근 지붕에 나타났고, 노인은 젊은이와 어여쁜 백합 사이로 들어서서 큰 소리로 외쳤다.

"땅 위에서 지배하는 세 가지 것은 지혜, 빛, 힘이로다!"

그가 첫 번째 것을 말하자 금으로 된 왕이 일어났고, 두 번째 것을 말하자 은으로 된 왕이, 세 번째 것을 말하자 청동으로 된 왕이 천천히 몸을 일으켜 세웠다. 반면 혼합되어 만들어진 왕은 갑자기 서툴게 주저앉았다. 그를 보는 사람은 엄숙한 순간임에도 불구하고 웃음을 참기가 어려웠다. 왜냐하면 그는 앉은 것도 아니고, 누운 것도 아니고, 기댄 것도 아닌 이상한 모양으로 넘어져 있었기 때문이다.

지금까지 혼합되어 만들어진 왕을 돌보는 데 몰두해온 도깨비불들은 옆으로 물러섰다. 그들은 아침 여명으로 희미해졌지만 다시 잘 키워져 불꽃을 내었다. 그들은 뾰족한 혀로 그 거대한 조각상의 금으로 된 핏줄을 능숙하게 온힘을 다해 모조리 핥아먹었다. 그렇게 함으로써 생긴 불규칙한 빈 공간들은 한 동안 그대로 노출되어 있었고, 그의 모습은 여전히 이전과 같았다. 그러나 마침내 가는 실핏줄들까지 다 먹어치워 버리자 조각상은 갑자기 부서졌는데, 유감스럽게도 그것은 사람이 앉을 때 온전히 유지해야 하는 부분들이었다. 반면에 구부려야 할 관절들은 뻣뻣하게 굳은 채로 있었다. 그런 모습을 보고 눈을 돌리지 않을 사람은 아무도 없었다. 형태와 덩어리 사이의 어중간한 물체는 보기에 역겨웠다.

램프를 든 남자는 이제 멋진, 그러나 여전히 꼿꼿하게 앞을 응시하고 있는 젊은이를 제단에서 내려오도록 이끌어 곧장 청동으로 된 왕에게 데려갔다. 그 강력한 군주의 발 앞에는 청동으로 된 칼집 속에 든 칼이 놓여있었다. 젊은이는 요대를 찼다.

강력한 왕이 외쳤다.

"왼손에는 칼을 들고, 오른손은 비워두어라!"

그런 다음 그들은 은으로 된 왕에게로 갔고, 왕은 그의 왕홀을 젊은이에게 기울였다. 젊은이는 그것을 왼손으로 붙잡았고, 왕은 친절한 목소리로 말했다.

"양들에게 풀을 먹이라!"

그들이 금으로 된 왕에게 가자 왕은 아버지가 축복하는 듯한 태도로 젊은이에게 떡갈나무관을 머리 위에 씌워주고는 말했다.

"최고의 것을 깨달아라!"

노인은 이렇게 접촉하는 동안 젊은이를 정확히 관찰했다. 허리에 칼을 둘러맨 다음에는 그의 가슴이 솟아올랐고, 양팔이 활발히 움직였으며, 두 발은 더 힘차게 걸었다. 그가 왕홀을 손에 쥐면서 힘은 누그러지고 이루 말할 수 없는 매력이 더 강해졌다. 떡갈나무관이 그의 곱슬머리를 장식하자 그의 얼굴모습은 활기를 띠었고, 눈은 이루 말할 수 없는 정신으로 반짝였으며, 그의 입에서 나온 첫 마디 말은 '백합'이었다.

그는 은으로 된 계단을 올라 백합을 향해 급히 달려가며 외쳤는데, 백합은 제단 발코니에서 왕들을 찾아다니는 그를 바라보아왔었다.

"사랑하는 백합! 사랑하는 백합! 모든 것을 다 갖춘 남자가 그대의 순수함과 그대의 가슴이 내게 일으키는 잔잔한 충동보다 더 소중한 것을 어떻게 바랄 수 있단 말이오?"

그는 노인에게로 몸을 돌려 세 개의 성스런 조각상들을 바라보면서 계속하여 말했다.

"오! 나의 친구여. 내 조상들의 제국은 훌륭하고 확고하오. 그러나 그대는 좀 더 먼저, 좀 더 일반적으로, 좀 더 확실하게 세상을 지배하는 네 번째 힘인 사랑의 힘을 잊었소."

그는 이렇게 말하며 아름다운 소녀의 목을 끌어안고 넘어졌다. 그녀는 면사포를 벗어던졌고, 그녀의 뺨은 지극히 아름다운 불멸의 홍조로 물들었다.

그러자 노인이 웃으면서 말했다.

"사랑은 지배하지 않소. 하지만 사랑은 만들어내며, 그것은 지배하는 것 이상이오."

이러한 흥겨움과 행복과 감격에 취해 사람들은 날이 완전히 밝았다는 것도 알아차리지 못했고, 열린 문을 통해 전혀 예상치 않은 것들이 돌연 일행의 눈에 들어왔다. 기둥들로 둘러싸인 넓은 광장이 앞마당을 이루었고, 그 끝에서는 수많은 아치들과 함께 강을 가로질러 뻗어 있는 길고 화려한 다리가 보였다. 다리의 양쪽에는 보행자들을 위한 주랑이 아늑하고 화려하게 설치되어 있었다. 다리에서는 이미 수천 명의 사람들이 끊임없이 오가고 있었다. 가운데의 큰 길은 무리를 이룬 가축들과 노새들, 말을 타고 가는 사람들과 마차들로 붐볐는데, 그들은 양쪽에서 서로 방해하지 않고 물 흐르듯 건너가고 건너왔다. 그들은 모두가 아늑함과 화려함에 대해 놀라워하는 것 같았다. 서로의 사랑으로 행복해하며 새로운 왕은 부인과 함께 이 많은 민중의 움직임과 삶에 감탄했다.

램프를 든 남자가 말했다.

"뱀을 정중하게 추모하시오. 그대는 뱀에게 목숨을 빚지고 있고, 그대의 민중들은 이웃 강변을 비로소 활기 넘치는 땅으로 만들어 연결시킨 다리를 빚지고 있소. 뱀이 자기 몸을 희생시키고 남긴 저 떠다니며 반짝이는 보석들은 이 찬란한 다리의 교각들이 되고 있으며, 다리는 이 교각들을 딛고 손수 세워졌고 앞으로도 손수 지탱해 나갈 거요."

사람들이 램프를 든 남자에게 이 이상한 비밀에 대해 설명을 요구하려던 차에 네 명의 아름다운 소녀가 사원의 문으로 들어섰다. 사람들은 하프와 양산과 야외의자를 통해 곧장 그들이 백합의 시녀들이란 것을 알아보았지만 세 사람보다 더 아름다운 네 번째 여인은 모르는 사람이었다. 그녀는 자매처럼 농담을 하며 그들과 함께 사원을 급히 지나쳐 은으로 된 계단으로 올라갔다.

램프를 든 남자가 그 아름다운 여인에게 말했다.

"사랑하는 부인, 당신은 앞으로 내가 하는 말을 더 잘 믿겠소? 당신과 오늘 아침 강에서 목욕을 하는 모든 피조물에게 행운이 있기를!"

본래의 모습은 흔적조차 남아있지 않은 채 젊어지고 아름다워진 노파가 힘찬 젊은 두 팔로 램프를 든 남자를 끌어안았고, 그는 그녀의 포옹을 다정하게 받아들였다.

그는 웃으면서 말했다.

"당신에게 내가 너무 늙었다면 당신은 오늘 새 남편을 택해도 좋아요. 오늘부터는 새로이 맺어지지 않는 혼인관계는 무효요."

그녀가 대답했다.

"아니, 당신도 젊어졌다는 걸 모르시나요?"

"내가 당신의 젊은 눈에 씩씩한 젊은이로 보인다니 기쁘오. 나는 당신을 새로이 아내로 맞이하여 당신과 함께 다음

천년을 기꺼이 살아가고 싶소."

왕비는 새 여자친구를 환영했고, 그녀 및 다른 놀이친구들과 함께 제단으로 내려왔다. 그러는 동안 왕은 두 남자의 사이에 서서 다리를 바라다보며 민중이 뒤섞여 붐비는 모습을 관심 있게 관찰했다.

그러나 그의 만족감은 오래 가지 않았다. 그는 한 순간 혐오감을 일으키는 물체를 보았기 때문이다. 아직 아침잠에서 덜 깬 듯이 보이는 커다란 거인이 다리를 건너 비틀거리며 걸어와 거기에서 큰 소동을 일으켰다. 거인은 언제나 그러했듯 잠에 취해 일어나서 잘 알고 있는 강의 움푹 들어간 곳에서 목욕을 할 생각이었다. 그는 그곳에서 지금까지와는 다른 견고한 땅을 발견하고 비틀거리며 포장된 넓은 다리 위로 올라섰다. 비록 그는 사람들과 가축들 사이로 비틀거리며 아주 서툴게 들어섰지만 모든 사람들은 그의 존재를 깜짝 놀라 바라보았다. 하지만 아무도 그를 몸으로 느끼지는 못했다. 그러나 해가 거인의 눈을 비추고 거인이 해를 가리려고 양손을 들어 올리자 그의 어마어마하게 큰 두 주먹의 그림자가 그의 뒤에서 힘차고 둔중하게 군중들 사이로 이리저리 움직였다. 그리하여 사람들과 동물들이 떼 지어 넘어지고 다쳤으며, 강물 속으로 굴러 떨어질 위험에 처했다.

왕은 이런 참혹한 사태를 바라보고는 자신도 모르게 손을 칼로 가져갔다. 그러나 그는 곰곰이 생각하고는 먼저 조용히 자신의 왕홀을 바라보고 나서 램프와 그의 동반자의 노를 바라보았다.

램프를 든 남자가 말했다.

"나는 그대가 무슨 생각을 하고 있는지 알고 있소. 하지만 우리와 우리의 힘은 이 힘없는 자에 대해서는 아무 것도 할 수가 없소. 가만히 있어요! 그가 해를 끼치는 건 이것이 마지막이고, 다행히도 그의 그림자는 우리에게서 사라질 거요."

그 사이 거인은 점점 더 가까이 다가왔고, 자신의 두 눈으로 직접 본 광경 앞에 깜짝 놀라 양손을 내렸고, 더 이상 해를 끼치지 않았다. 그리고는 얼빠진 듯 입을 벌리고 앞마당으로 들어섰다.

그는 곧장 사원의 문을 향해 걸어가다가 갑자기 마당의 한가운데에서 땅에 고정되었다. 그는 불그스름하게 반짝이는 보석들로 된 거대하고 막강한 조각상이 되어 거기에 서있었다. 그리고 그의 그림자는 땅 위에서 그를 에워싼 채 숫자가 아닌 고상하고 의미 있는 그림들이 박힌 원이 되어 시간들을 나타냈다.

왕은 그 괴물의 그림자를 유리한 방향에서 바라보게 된 것을 무척 기뻐했다. 아주 화려하게 치장을 하고 시녀들과 함께 제단을 내려오던 왕비도 그 특이한 조각상을 바라보자 몹시 기뻐했는데, 그것은 사원에서 보이는 다리의 전망을 거의 가리고 있었다.

그 사이 군중들은 거인을 향해 몰려갔고, 그가 고정되어 서있었으므로 그를 에워싸고 그의 변한 모습을 놀라워하며 바라보았다. 군중들은 그제야 눈에 띈 듯 사원을 향해 방향을 돌려 문으로 몰려들었다.

이 순간 매는 거울을 들고 사원의 둥근 지붕 위에 높이 떠 있었고, 태양의 빛을 끌어 모아 제단 위에 서있는 일행 위로 던졌다. 왕과 왕비와 수행원들은 하늘의 광채를 받으며 새벽어스름이 가시고 있는 사원의 원형천장 아래에 나타났고, 군중은 왕의 시선 앞에 몸을 조아렸다. 군중이 다시 정신을 차리고 일어서자 왕은 일행과 함께 숨겨진 홀을 지나 자신의 궁전으로 가기 위해 제단으로 내려왔고, 군중은 사원 안에서 뿔뿔이 흩어져 각자의 호기심을 충족시켰다. 군중은 수직으로 서있는 세 명의 왕을 놀라움과 경외감을 가지고 관찰했다. 그러나 네 번째 벽감 안에 양탄자에 덮여 숨겨져 있는 덩어리가 어떤 것인지 알고 싶은 욕구가 더 컸다. 누군가가 선의의 겸손한 마음을 가지고 그 주저앉은 왕에게 화려한 덮개를 덮어씌워 어떤 눈도 들여다보지 못하게 하고 어떤 손도 감히 그것을 훔쳐 가지 못하게 했기 때문이다.

군중은 바라보며 감탄하는 것을 끝낼 수 없을 것 같았고, 밀려드는 많은 사람들은 사원 안에서 밟혀죽을 것 같았으며, 그들의 관심은 다시 넓은 광장으로 되돌려지지는 않을 것 같았다.

예기치 않게 마치 하늘에서 떨어지듯 금화들이 짤랑짤랑 소리를 내며 대리석 바닥으로 떨어져 내렸다. 가까이에 있던 유랑자들은 그것을 차지하려고 몰려들었고, 이러한 기적은 하나씩 반복되어 이쪽에서 일어났다가 저쪽에서 일어나곤 했다. 사람들은 사그라지는 도깨비불들이 여기서 또 다시 흥을 돋워 그 주저앉은 왕의 사지에서 금을 흉겨워하며 모조리

털어내 버렸다는 것을 쉽사리 알아차렸다. 금화들이 더 이상 떨어지지 않는데도 군중은 얼마 동안 탐욕스럽게 이리저리 뛰어다녔고, 몰려들었다가 흩어지곤 했다. 마침내 그들은 흩어졌고, 자신의 길을 갔다. 그리고 그 다리는 오늘날까지 유랑자들로 붐비고 있으며, 그 사원은 온 세상에서 사람들이 가장 많이 찾는 사원이 되었다.

신新 멜루지네

존경하는 신사여러분! 여러분들이 겉치레 인사말이나 서론을 그다지 좋아하지 않는다는 걸 알고 있기에 나는 이번에는 여러분들의 기분을 특별히 잘 맞춰드리기를 바란다는 걸 분명하게 밝히고자 합니다. 나는 이미 여러 방면의 사람들을 크게 만족시킨 실제 있었던 많은 이야기들을 해왔습니다. 그러나 오늘은 지금까지의 이야기들을 훨씬 능가하는 이야기를 하려고 합니다. 그것은 이미 몇 년 전에 내게 일어났던 일이지만 여전히 기억 속에서 나를 불안하게 하고, 나로 하여금 모두 다 펼쳐놓기를 원하게 합니다. 이 이야기와 비슷한 이야기를 찾기는 힘들 것입니다.

우선 고백해야 할 것은 나는 언제나 처신을 바로 다음 시간이나 다음 날 아주 안전한 상태가 되도록 해오지만은 않았다는 것입니다. 나는 젊었을 때 돈 관리를 제대로 못하여 이런 저런 곤란한 상황에 처하곤 했습니다. 한 번은 돈을 많이 벌 생각으로 여행을 계획했습니다. 그러나 나는 그 계획을 너무 크게 세워 처음에는 특별우편마차로 출발했다가 얼마 동안은 보통마차로 여행을 계속했고, 마지막에는 어쩔 수 없이 걸어서 여행목적지로 가야 했었습니다.

나는 이미 혈기왕성한 청년 시절부터 여관에 도착하면 곧장 여주인이나 여자요리사를 찾아 아첨을 하며 자신을 소개하는 것이 습관이 되어 있었습니다. 그렇게 함으로써 대개는 숙박비를 할인받았습니다.

어느 날 저녁 내가 어느 조그만 도시의 여관에 들어서서 늘 하던 대로 행동하려 할 때 내 바로 뒤에서 네 마리의 말이 끄는 멋진 2인승 마차가 대문으로 들어왔습니다. 내가 돌아서서 바라보니 여자 한 사람이 시녀도 하인도 없이 혼자서 타고 있었습니다. 나는 곧장 달려가 마차의 문을 열어주고 내게 뭔가 시킬 일이 없느냐고 물었습니다. 마차에서 내리는 그녀의 모습은 아름다웠습니다. 그런데 좀 더 가까이서 보니 사랑스런 그녀의 얼굴은 어딘지 모르게 슬픈 기색을 띠고 있었습니다. 나는 그녀에게 뭔가 내가 도와줄 일이 없느냐고 다시 물었습니다.

그러자 그녀가 말했습니다.

"예, 있어요! 좌석 위에 있는 조그만 상자를 조심스럽게 들어내 방으로 올려다주었으면 해요. 제발 부탁하는데, 그 상자는 계속 꼭 붙들고 옮겨야지 조금이라도 움직이거나 흔들면 안 돼요."

내가 그 상자를 들고, 그녀가 마차의 문을 닫은 다음 우리는 함께 계단을 올라갔습니다. 그녀는 종업원에게 '오늘 밤 여기서 묵겠다.'고 말했습니다.

이제 방 안에는 우리 두 사람뿐이었습니다. 그녀는 내게 그 상자를 벽 옆에 있는 책상 위에 올려놓으라고 말했습니다. 나는 그녀의 몇몇 행동에서 그녀가 혼자 있고 싶어 한다는 걸 알아차리고는 그녀의 손에 공손하면서도 열렬하게 입을 맞추고 작별을 고했습니다.

그러자 그녀가 말했습니다.

"우리 두 사람이 먹을 저녁식사를 주문해주세요."

내가 얼마나 즐거운 마음으로 그녀가 부탁한 일을 했는지는 쉽게 짐작할 수 있을 겁니다. 나는 의기양양하여 여관 주인 내외와 종업원들을 거의 거들떠보지도 않았습니다. 나는 그녀와 다시 함께 있게 될 순간을 초조하게 기다렸습니다. 마침내 식사가 차려졌고, 우리는 서로 마주앉았습니다. 나는 꽤 오랜만에 처음으로 훌륭한 식사와 동시에 소망해온 모습을 즐겼습니다. 정말이지 그녀는 시시각각 더 예뻐지는 것처럼 여겨졌습니다.

대화를 이어가는 그녀의 말은 편안했지만 그녀는 애정이나 사랑에 관한 말은 전혀 하지 않으려 했습니다. 식사가 끝났고, 나는 머뭇거렸습니다. 나는 그녀에게 좀 더 가까이 다가가기 위해 온갖 구실을 다 찾았지만 헛일이었습니다. 그녀는 내가 거역할 수 없는 어떤 확실한 위엄으로 나를 제지했습니다. 그래서 나는 내 뜻과는 달리 그녀와 빨리 작별하는 수밖에 없었습니다.

나는 불안한 꿈에 뒤척이며 거의 뜬눈으로 밤을 지새운 뒤 아침 일찍 일어나 그녀가 말들을 준비시켰는지 알아보았습니다. 나는 준비시키지 않았다는 말을 듣고는 정원으로 나갔습니다. 나는 그녀가 옷을 차려입고 창가에 서있는 것을 보고 그녀에게로 뛰어 올라갔습니다. 그녀가 아름다운 모습으로, 어제보다 더 아름다운 모습으로 나를 대해주자 갑자기 내 가슴 속에서는 애정과 장난기와 대담함이 솟구쳐 올랐습니다. 나는 그녀에게 달려들어 그녀를 두 팔로 껴안았습니다. 그리고는 외쳤습니다.

"천사 같은, 도저히 뿌리칠 수 없는 매력을 지닌 그대여! 용서해 주십시오. 도저히 이렇게 하지 않고는 견딜 수가 없습니다."

그녀가 믿을 수 없을 만큼 날렵하게 내 팔에서 빠져나가 나는 그녀의 뺨에 입맞춤 한 번 할 수 없었습니다.

"당신이 아주 가까이에 와있는 행복을 놓치고 싶지 않으면 이런 돌발적이고 격정적인 애정의 표출은 삼가 주세요. 물론 그 행복은 몇 차례의 시험을 거친 다음에야 차지할 수 있겠지만요."

그래서 나는 외쳤습니다.

"천사 같은 영혼이여! 그대가 원하는 걸 말해보시오. 하지만 나를 절망에 빠뜨리지는 말아 주십시오."

그녀는 미소를 지으며 대답했습니다.

"당신이 나를 헌신적으로 도와줄 생각이라면 내가 말하는 조건을 들어보세요! 나는 여자 친구를 방문하기 위해 이곳에 왔으며, 그 친구 집에서 며칠 묵을 생각이에요. 그 사이 내 마차와 이 조그만 상자는 가던 길을 계속 가게하고 싶어요. 당신이 이 일을 맡아주시겠어요? 이 때 당신이 해야 할 것은 그 상자를 조심스럽게 마차 안으로 집어넣거나 마차에서 꺼내오는 일밖에는 아무 것도 없어요. 상자가 마차 안에 있을 때는 그 옆에 앉아 상자를 주의 깊게 지키기만 하면 되지요. 당신이 여관에 도착하면 이 상자는 특별히 마련된 방의 책상 위에 놓아야 해요. 당신은 그 방 안에서 거주해서도 잠을 자서도 아니 되지요. 방들은 언제든 이 열쇠로 잠그면 돼요. 이 열쇠는 어떤 자물통도 모두 열거나 잠글 수 있지만 중간에 아무도 열 수 없는 특별한 속성을 지니고 있지요."

나는 그녀를 바라보았고, 이상한 생각이 들었습니다. 나는 그녀를 곧 다시 만날 수 있다는 희망이 있다면, 그리고 그녀가 입맞춤으로 이 희망을 보증해 준다면 무슨 일이든 하겠다고 약속했습니다. 그녀는 그렇게 해주었고, 나는 그 순간부터 완전히 그녀의 노예가 되었습니다. 그녀는 나에게 말을 준

비하라고 말했습니다. 우리는 내가 가야 할 길과 묵으면서 그녀를 기다려야 할 곳들에 대해 상의했습니다. 그녀는 마지막으로 금화가 든 주머니를 내 손에 쥐어주었고, 나는 그녀의 양손에 입맞춤을 해주었습니다. 그녀는 작별하면서 감동한 듯했고, 나는 무슨 일을 했는지, 그리고 무슨 일을 해야 하는지 알 수가 없었습니다.

내가 말들을 준비해두고 돌아오자 방문은 잠겨있었습니다. 나는 곧장 열쇠를 시험해 보았는데, 온전하게 작동이 되었습니다. 문이 열렸고, 방은 텅 비어 있었습니다. 그 작은 상자만이 내가 놓아둔 그 책상 위에 그대로 놓여 있었습니다.

마차가 준비되었고, 나는 그 작은 상자를 조심스럽게 아래층으로 가지고 내려와 내가 앉은 옆에 놓았습니다. 여관 여주인이 물었습니다.

"귀부인은 어디 계시나요?"

그러자 한 아이가 대답했습니다.

"그 분은 시내로 가셨어요."

나는 사람들에게 인사를 하고 의기양양하게 그곳을 떠났습니다. 어제 저녁만 해도 먼지투성이의 각반을 차고 이곳에 도착한 나였습니다. 이제 내가 느긋하게 여유를 가지고 매가 맡은 이 일을 이리저리 곰곰이 생각해보고, 돈을 세어보고, 이런저런 구상을 해보면서 이따금 계속하여 그 작은 상자를 힐끔힐끔 쳐다보았을 것임은 여러분들도 쉽게 짐작하실 것입니다. 나는 그녀가 정해준 어느 그럴듯한 도시에 이를 때까지 여러 중간기착지들을 그대로 통과하여 쉬지 않고 계속하여 앞으로 내달렸습니다. 나는 그녀의 지시를 세심하게 지켰습니다. 작은 상자는 특별한 방 안에 놓았고, 역시 그녀가 부탁한 대로 그 옆에는 불을 켜지 않은 양초 두어 개를 세워 놓았습니다. 나는 그 방을 잠그고 내 방으로 들어가 느긋하게 휴식을 취했습니다.

나는 얼마 동안은 그녀 생각에 몰입해 있을 수 있었지만 곧 지루해졌습니다. 나는 사람들과 어울리지 않고 지내는 데에 익숙해 있지 않았습니다. 그리하여 나는 곧 여관의 식탁이나 공공장소에서 마음에 맞는 교제상대들을 찾았습니다. 이런 기회를 맞아 내 돈은 줄어들기 시작했고, 어느 날 저녁에는 경솔하게도 미친 듯 도박에 몰입하여 돈을 몽땅 날려버렸습니다. 방으로 돌아온 나는 제 정신이 아니었습니다. 무일푼

이 된 나는 부자로 보이는 외모로 인해 거액의 숙박비가 청구될 것을 예상하며, 내 아름다운 여인이 언제 다시 나타날 것인지도 확실치 않은 가운데 엄청난 당혹감에 빠져 있었습니다. 나는 그녀가 갑절은 더 그리워졌으며, 그녀와 그녀의 돈 없이는 도무지 살아갈 수 없을 것 같은 생각이 들었습니다.

이번에는 혼자서 외롭게 할 수밖에 없어 도무지 맛이 없었던 저녁식사를 마친 후 나는 방 안을 이리저리 거칠게 돌아다녔고, 혼잣말을 했으며, 나 자신을 저주했고, 방바닥에 주저앉아 머리칼을 쥐어뜯으며 아주 난폭한 모습을 보였습니다. 그때 갑자기 잠긴 옆방에서 무언가 나지막하게 움직이는 소리가 들리더니 곧 이어 잘 잠가 둔 그 방문을 두드리는 소리가 들렸습니다. 나는 정신을 바짝 차렸고, 열쇠를 찾아 손을 뻗었습니다. 그러나 여닫이문은 저절로 열렸고, 나의 아름다운 여인이 타오르는 촛불 빛을 받으며 나를 맞이했습니다. 나는 그녀의 발치에 엎드려 그녀의 옷과 손에 입맞춤을 했습니다. 그녀는 나를 일으켜 세웠고, 나는 감히 그녀를 껴안을 수 없었을 뿐만 아니라 거의 바라보지도 못했습니다. 하지만 나는 솔직하게 뉘우치면서 그녀에게 내 잘못을 고백했습니다.

그러자 그녀는 이렇게 말했습니다.

"그건 용서해줄 수 있어요. 단지 유감스럽게도 당신은 당신과 나의 행복을 지연시킬 뿐이지요. 당신은 이제 우리가 다시 만나기 전에 다시 한 번 세상 속으로 길을 떠나야 해요. 여기 전보다 더 많은 금화가 있어요. 당신이 어느 정도만 생활을 잘 꾸려나가고자 한다면 이걸로 충분할 거예요. 당신이 이번에는 술과 도박으로 곤경에 빠졌지만 이제부터는 술과 여자를 조심하세요. 다음에는 더 즐거운 재회가 되기를 바라겠어요."

그녀는 문지방을 넘어 돌아갔고, 여닫이문은 닫혔습니다. 내가 문을 두드리며 간청했지만 더 이상 아무 소리도 들리지 않았습니다. 다음날 아침 내가 계산서를 요구하자 종업원이 웃으며 말했습니다.

"당신이 어째서 그렇게 어떤 열쇠로도 열 수 없도록 교묘하고 아무도 알 수 없게 방문을 잠그는지 잘 알겠습니다. 우리는 당신이 많은 돈과 귀금속들을 가지고 있다고 짐작했습니다. 우리는 그 보물을 가지고 계단을 내려오는 걸 보았습니다. 그것은 어느 모로 보나 잘 보관해야 할 가치가 있는 것으로 보였습니다."

나는 이에 대해 아무 대꾸도 하지 않았고, 숙박비를 계산한 다음 작은 상자를 가지고 마차에 올랐습니다. 나는 앞으로는 신비로운 나의 여인이 해준 경고를 존중할 것을 굳게 다짐하면서 다시 세상 속으로 달려갔습니다. 그러나 나는 어느 큰 도시에 이르자 곧 사랑스런 여자들과 어울리게 되고 그녀들에게서 결코 풀려날 수가 없었습니다. 그녀들은 나에게 접대를 하는 대가로 많은 돈을 원하는 것 같았습니다. 그녀들은 언제나 나와 어느 정도 거리를 두면서도 계속하여 돈을 쓰도록 나를 유혹했습니다. 나는 그저 그녀들을 즐겁게 해주려고만 했기에 돈주머니 사정은 생각하지도 않고 마음 내키는 대로 돈을 줄기차게 쓰고 마구 뿌렸습니다. 하지만 몇 주일이 지난 뒤에도 지갑에 가득 찬 돈이 줄어들지 않고 여전히 처음과 마찬가지로 둥그렇게 불룩 솟아있다는 것을 알고 내가 얼마나 놀라고 만족해했는지 모릅니다. 나는 돈주머니의 이 멋진 특성을 좀 더 자세히 확인하려고 주저앉아 돈을 세어 전체 액수를 정확하게 알아내고는 전과 마찬가지로 친구들과 어울려 흥겨운 생활을 해나가기 시작했습니다. 여행, 뱃놀이,

춤, 노래와 그 밖의 흥겨운 놀이들이 늘 함께했습니다. 그러나 이번에는 별로 주의를 기울이지 않고도 돈주머니가 줄어드는 것을 쉽게 알 수 있었습니다. 마치 내가 돈을 세어 본 저 주반은 일로 인해 셀 수 없이 많은 돈을 존재하게 하는 돈주머니의 효력을 빼앗아버린 것 같았습니다. 일단 쾌락적 삶에 빠져든 이상 나는 돌아설 수가 없었고, 곧 가진 돈을 모두 탕진해버렸습니다. 나는 내 처지를 저주했고, 나를 그런 시험으로 이끈 그녀를 책망했습니다. 그리고 그녀가 다시 나타나지 않는 것을 나쁘게 받아들였고, 화가 나서 그녀에 대한 모든 의무를 깨버리려고 마음먹고는 어쩌면 도움이 되는 어떤 것들이 들어있지 않을까 하는 마음에서 그 작은 상자를 열어보려고 생각했습니다. 그 상자는 돈이 들어있는 것만큼은 무겁지 않았지만 보석들이 들어있을 수 있었고, 이것들 또한 내게는 무척 반가운 것이 아닐 수 없기 때문이었습니다. 나는 이런 계획을 실천에 옮길 생각이었습니다. 그러나 작업을 침착하게 실행하기 위해 계획을 밤으로 미루고, 방금 연락을 받은 어느 연회에 참석하기 위해 서둘러 갔습니다. 그곳에서는 또 다시 성대한 잔치가 벌어졌고, 우리는 술과 나팔소리에 무척 흥분

되어 있었습니다. 그때 내게 뜻하지 않은 불쾌한 일이 닥쳤습니다. 후식 자리에서 내가 가장 좋아하는 여자의 오래 된 남자친구가 여행에서 돌아와 예기치 않게 그녀의 옆에 앉아 거침없이 자신의 오랜 애인의 권리를 내세우려 했던 것입니다. 그리하여 곧 분노가 일고, 다툼과 격투가 벌어졌습니다. 우리는 칼을 빼들었고, 나는 이곳저곳에 상처를 입고 반죽음 상태가 되어 집으로 옮겨졌습니다.

외과의사는 나에게 붕대를 감아주고 돌아갔고, 이미 밤이 깊어 내게 시중드는 사람도 잠들었습니다. 그때 옆방의 문이 열리더니 그 신비에 찬 나의 여인이 들어와서 내 침대 옆에 앉았습니다. 그녀는 내 몸 상태를 물었습니다. 나는 기운이 없고 짜증이 나 대답하지 않았습니다. 그녀는 깊은 관심을 기울이며 이야기를 계속했고, 내 관자놀이에 어떤 향유를 발라주어 나는 금세 기운이 확실하게 솟아나는 것을 느꼈습니다. 기운을 차리자 나는 화를 내며 그녀를 심하게 비난할 수 있었습니다. 나는 격하게 언성을 높여 내 불행의 모든 책임을 그녀 탓으로 돌렸습니다. 즉 그녀가 내게 불어넣은 열정, 그녀가 나타났다가 사라진 것, 내가 느껴야만 했던 지루함과 그리움

탓이라는 것이었습니다. 나는 마치 열병에 걸린 것처럼 점점 더 격해졌습니다. 마침내 나는 그녀가 내 여인이 되려 하지 않는다면, 이번에도 내게 몸을 맡겨 나와 하나가 되지 않으려 한다면 더 이상 살아가지 않겠다고 맹세했습니다. 그리고 이에 대해 확실한 대답을 요구했습니다. 그녀가 머뭇거리며 대답을 주저하자 나는 완전히 제 정신을 잃은 채 피를 흘려 죽어버릴 생각으로 상처에 이중 삼중으로 동여맨 붕대를 뜯어냈습니다. 그러나 그 순간 나는 상처가 모두 아물어 내 몸이 말끔하게 빛나고 있고 그녀가 내 팔에 안겨있는 것을 보고 얼마나 놀랐는지 모릅니다.

이제 우리는 세상에서 가장 행복한 한 쌍이 되었습니다. 우리는 서로 용서를 빌었지만 왜 그랬는지는 우리 스스로도 알지 못했습니다. 그녀는 이제부터는 나와 함께 여행을 계속하겠다고 약속했습니다. 우리는 곧 마차에 올라 나란히 앉았고, 그 작은 상자는 우리 맞은편의 또 다른 좌석에 놓았습니다. 나는 이제까지 그 상자에 대해 그녀에게 한 번도 언급한 적이 없었지만 지금도 그것에 대해 얘기하고 싶은 생각은 들지 않았습니다. 비록 그 상자가 바로 우리 눈앞에 있었고 언젠가 그것에 대해 말할 기회가 주어지기를 둘이서 내심 똑같이 신경을 썼을지라도 말입니다. 나는 단지 그것을 마차에 옮겨 싣거나 내리고, 전과 마찬가지로 문을 잠그는 일에 열중했을 뿐입니다.

나는 돈주머니 안에 돈이 남아있는 한 계속하여 썼고, 돈이 모두 떨어지면 그녀에게 알렸습니다.

"돈 문제라면 쉽게 해결할 수 있어요."

그녀는 이렇게 말하고 마차의 옆쪽 위에 달아놓은 두 개의 작은 주머니를 가리켰습니다. 나는 전부터 그것이 있다는 걸 알았지만 사용한 일은 없었습니다. 그녀는 그 중 한 주머니에 손을 넣어 몇 닢의 금화를 꺼냈고, 다른 주머니에서도 몇 닢의 은화를 꺼내어 마음 내키는 대로 어떤 곳에도 계속하여 쓸 수 있다는 것을 가리켜주었습니다. 그리하여 우리는 이런 저런 도시와 시골로 여행을 계속했고, 우리 둘 사이는 물론 다른 사람들과도 즐겁게 지냈습니다. 그리고 나는 그녀가 다시 나를 떠나리라는 생각은 하지 않았습니다. 더구나 그녀가 얼마 전부터 임신했음이 분명해져 우리의 기쁨과 사랑이 점점 더 커져갔기 때문입니다. 그러나 어느 날 아침 나는 슬프게도 그녀가 내 곁에 없다는 것을 발견했습니다. 그녀 없이는 한곳에 머무는 것이 싫었으므로 나는 작은 상자를 가지고 다시 길을 떠났고, 두 개의 주머니의 효력을 시험해보고는 여전히 효력이 유지되고 있음을 알았습니다.

여행은 탈 없이 진행되었습니다. 나는 기이한 사건들이 아주 자연스럽게 전개되어 나갈 것으로 기대했기 때문에 내가 겪은 모험에 대해 더 이상 깊이 생각하고 싶지 않았습니다. 그런데 이번에는 내가 놀람과 걱정과 공포에 빠지게 된 어떤 일이 눈앞에서 일어났습니다. 나는 먼 길을 가기 위해 밤낮을 가리지 않고 여행하는 것에 익숙해져 있었기에 이따금 어둠 속에서 마차를 달렸고, 마침 가로등불이 꺼져 있기라도 하면 마차 안이 완전히 깜깜할 때도 있었습니다. 한 번은 그런 깜깜한 밤중에 잠이 들었는데, 깨어보니 마차의 천장에서 불빛이 반짝이고 있었습니다. 나는 그 불빛을 관찰하여 그것이 그 작은 상자에서 나온다는 걸 알아냈습니다. 상자는 막 시작된 여름의 덥고 건조한 날씨로 갈라진 듯 틈이 나 있는 것 같았습니다. 보석이 들어있을 것이라는 생각이 다시 꿈틀거렸습니다. 나는 그 작은 상자 안에 홍옥이 들어있을 것으로 짐작하고는 확인해보고 싶었습니다. 나는 가능한 한 자세를 똑바로 취하고 눈으로 직접 그 틈을 살펴보았습니다. 나는 얼마나 놀랐는지 모릅니다. 나는 마치 궁궐의 둥근 천장의 구멍으로 왕실 안을 내려다보듯 수많은 아름답고 진귀한 보물들로 치장된 방을 보았던 것입니다. 나는 그 공간의 한 부분만 관찰할 수 있었지만 나머지 부분은 미루어 짐작할 수 있었습니다. 벽난로가 불타고 있었고, 그 옆에는 안락의자가 있었습니다. 나는 숨을 죽이고 계속하여 관찰했습니다. 그러는 동안 방의 다른 쪽에서 한 여인이 손에 책을 들고 나왔습니다. 나는 비록 그 모습이 지극히 조그맣게 줄어들기는 했지만 그녀가 내 아내라는 것을 곧장 알아차렸습니다. 아름다운 여인은 책을 읽기 위해 벽난로 옆 안락의자에 앉아 아주 앙증맞은 불집게로 불꽃을 돋우었습니다. 이때 나는 이 작은 여인도 임신 중이라는 것을 분명히 알 수 있었습니다. 그때 나는 불편한 자세를 조금 고쳐야겠다고 느꼈고, 자세를 고친 다음 다시 안을 들여다보며 그것이 꿈이 아니었음을 확인하려던 차에 불빛이 사라졌습니다. 그리하여 나는 텅 빈 어둠 속만 바라보았습니다.

내가 얼마나 깜짝 놀라고 경악했는지는 충분히 이해할 것입니다. 나는 이런 것을 발견하게 된 데 대해 수없이 생각해 보았지만 근본적으로 아무 것도 생각해낼 수 없었습니다. 그러면서 나는 잠이 들었고, 잠에서 깨었을 때는 그저 꿈을 꾸었던 것이라고 생각했습니다. 하지만 나는 내 아름다운 여인에게서 어느 정도 멀어져 낯설어진 것을 느꼈습니다. 그리하여 더욱 더 조심스럽게 그 작은 상자를 옮기면서 그녀가 완전한 사람의 크기로 다시 나타나는 것을 원해야 할지 두려워해야 할지 알 수가 없었습니다.

어느 정도 시간이 지난 후 내 아름다운 여인은 정말로 저녁 무렵에 하얀 옷을 입고 방으로 들어왔습니다. 마침 방 안이 어둑어둑해졌기 때문에 그녀는 내가 평소 보아온 것보다 더 키가 크다고 여겨졌습니다. 나는 물의 정령들과 땅의 정령들은 모두 밤이 시작될 때에는 눈에 띄게 키가 커진다는 얘기를 들었던 것을 떠올렸습니다. 그녀는 늘 그랬던 것처럼 내 팔로 날아들었지만 나는 가슴이 답답하여 그녀를 진정 기쁘게 끌어안을 수가 없었습니다.

그녀가 말했습니다.

"나의 사랑하는 이여, 당신이 나를 이렇게 맞이하는 데에서 나는 유감스럽게도 이미 알고 있는 것을 직접 몸으로 느끼게까지 되는군요. 당신은 중간에 나를 보았지요. 당신은 내가 특정한 시간에 어떤 상태로 있는지를 알게 되었어요. 그럼으로써 당신의 행복과 나의 행복은 깨져버렸습니다. 나아가 그것은 완전히 사라져버릴 시점에 와 있습니다. 나는 당신을 떠나야 하며, 당신을 언젠가 다시 만나게 될지 어쩔지 모르겠어요."

눈앞에 있는 그녀의 존재와 그녀가 말하는 우아함이 그때까지 내게 단지 꿈으로 아른거려온 환영의 온갖 기억을 곧장 지워버렸습니다. 나는 그녀를 격렬하게 끌어안았고, 내 열정을 확인시켰으며, 내가 잘못이 없음을 분명히 했고, 그것은 우연한 발견이었다고 충분히 설명했습니다. 내가 그렇게 열심히 노력하자 그녀도 안심하는 것 같았고, 나를 진정시키려 했습니다.

그녀는 말했습니다.

"꼼꼼히 생각해 보세요. 이번 발견이 당신의 사랑을 해치지 않았는지, 내가 이중의 모습으로 당신 옆에 존재한다는 걸

잊어버릴 수 있는지, 내 몸이 작아지는 것이 당신의 애정까지도 줄어들게 하지는 않는지 말이에요."

나는 그녀를 바라보았습니다. 그녀는 전보다 더 아름다웠습니다. 나는 혼자서 생각했습니다.

"이따금 난장이로 변하여 작은 상자 속에 넣어 가지고 다닐 수도 있는 아내를 가지는 것은 커다란 불행이 아닐까? 그녀가 거인이 되어 남편을 상자 속에 넣는다면 일은 더 엉망이 되는 게 아닐까?"

나는 다시 기분이 좋아졌습니다. 나는 세상에 무슨 일이 있어도 그녀를 떠나게 하지는 않을 생각이었습니다.

나는 대답했습니다.

"소중한 당신이여, 우리 지금까지처럼 그렇게 변함없이 지냅시다. 우리 두 사람 이보다 더 멋지게 살 수는 없지 않겠소! 당신 마음 편히 지내시오. 나는 이 상자를 더 조심스럽게 가지고 다닐 것을 약속하오. 그리고 내가 살아오면서 보아 온 가장 귀여운 것이 어떻게 내게 나쁜 인상을 줄 수 있겠소? 또한 연인들이 그렇게 작은 소품 같은 모습을 지닐 수 있다면 얼마나 행복할지요! 결국 그것은 바로 그런 모습이었을 뿐이고,

사소한 마술이었소. 당신은 나를 시험하고 놀리고 있지요. 하지만 내가 어떻게 견뎌내는지 보세요."

그러자 아름다운 나의 여인이 말했습니다.

"그 일은 당신이 생각하는 것보다 더 심각해요. 하지만 당신이 가볍게 받아들이니 나도 아주 기뻐요. 왜냐하면 우리 두 사람에게는 이제 계속하여 아주 기쁜 일들이 이어질 테니까요. 나는 당신을 믿겠으며, 내 쪽에서 할 수 있는 일은 다 하겠어요. 다만 이번 발견을 결코 나쁘게 생각하지 않겠다고 약속해 주세요. 또 한 가지 간절하게 부탁하는데, 술을 멀리하고 화내지 않도록 전보다 더 조심해 주세요."

나는 그녀가 원하는 것을 약속했습니다. 나는 더 많은 것이라도 약속했을 것입니다. 그러나 그녀가 대화를 다른 쪽으로 돌렸고, 모든 것은 다시 전과 같은 상태가 되었습니다. 우리는 머무는 장소를 바꿀 이유가 없었습니다. 도시는 컸고, 사람들과 어울릴 수 있는 기회는 많았으며, 계절은 여기저기서 많은 파티를 열기에 좋았던 것입니다.

그런 모든 즐거운 모임에서 나의 아내는 무척 호감을 샀고, 남자들과 여자들 모두에게서 열렬히 환영받았습니다. 고상함이 곁들여진 선량하고 나긋나긋한 행동이 모두가 그녀를 좋아하고 존경하도록 만들었습니다. 뿐만 아니라 그녀는 라우테를 훌륭하게 연주하고 그것에 맞춰 노래도 불렀습니다. 그리하여 사교모임이 있는 저녁이면 언제나 그녀의 재능에 의해 분위기가 절정에 이르곤 했습니다.

나는 음악에는 결코 소질이 없다는 것을 고백해야 하겠습니다. 뿐만 아니라 음악은 나를 불쾌하게까지 합니다. 내게서 이런 점을 곧장 알아차린 내 아름다운 여인은 우리 둘만 있을 때에는 결코 그런 식으로 음악을 통해 나를 즐겁게 해주려 하지 않았습니다. 그 대신 그녀는 보통 많은 숭배자들을 발견하게 되는 사교모임에서 보상을 받는 것 같았습니다.

이제 부인할 필요도 없는 건 우리 둘이서 지난 번 담판을 지었지만 나의 굳은 의지에도 불구하고 그 일을 내 마음속에서 완전히 털어내는 것은 불가능했다는 것입니다. 오히려 내 감정상태는 나도 제대로 알지 못할 정도로 이상하게 발전했습니다. 그리하여 어느 날 저녁 성대한 사교모임에서 억제되어왔던 불만이 폭발했고, 그로 인해 나는 엄청난 손해를 보게 되었습니다.

지금 와서 잘 생각해 보니 나는 그 불행한 발견을 한 이후 내 아름다운 여인을 사랑하는 마음이 훨씬 더 줄어들었고, 전에는 전혀 생각지도 못했던 그녀에 대한 질투가 생겼습니다. 저녁에 사교모임에서 우리는 꽤 떨어진 거리에서 서로 비스듬히 마주보고 테이블에 앉아 있었습니다. 나는 얼마 전부터 매력적으로 여겨 온 두 명의 여자들이 옆에 앉아 있어 매우 기분이 좋았습니다. 우리는 농담과 사랑얘기를 하면서 술도 많이 마셨습니다. 그러는 동안 맞은편에서는 두 명의 음악애호가가 내 아내를 차지하고는 사람들에게 한 명씩 혹은 합창으로 노래를 부르도록 흥을 돋우며 부추겼습니다. 그로 인해 나는 몹시 불쾌해졌습니다. 두 명의 음악애호가는 치근대는 것 같았습니다. 노래는 나를 화나게 했고, 그들이 나에게도 독창한 곡조를 요구했을 때 나는 정말로 분노가 치밀어 술잔을 비워버린 다음 아주 거칠게 내려놓았습니다.

내 옆에 앉은 여자들의 우아한 태도에 나는 곧장 다시 마음이 풀렸습니다. 하지만 나는 한 번 화가 나면 주체하지 못하는 사람이었습니다. 비록 온갖 것이 나를 즐겁게 하고 너그럽게 되도록 이끌었지만 화는 남몰래 계속 끓어올랐습니다.

내 아내가 라우테를 가져와 노래로 모든 사람들의 경탄을 불러일으킬 때면 나는 반대로 더 험악하게 굴 뿐이었습니다. 사람들은 불행하게도 조용히 해줄 것을 요구했습니다. 그래서 나는 더 이상 지껄여댈 수가 없었고, 라우테의 소리는 내 마음을 아프게 했습니다. 마침내 이 작은 불꽃이 지뢰에 불을 붙이게 된 것은 당연한 일이 아니었을까요?

나의 여가수는 열광적인 박수를 받으며 노래를 마치자 진정 사랑스런 모습으로 내가 있는 쪽을 건너다보았습니다. 그러나 유감스럽게도 그녀의 시선은 내 마음속에 파고들지 않았습니다. 그녀는 내가 술 한 잔을 단숨에 들이켜 버리고는 또 한 잔을 가득 채우는 것을 보았습니다. 그녀는 오른쪽 집게손가락으로 사랑스럽게 나에게 경고하며 신호를 보냈습니다. 그리고 내가 알아들을 수 있을 정도로 나지막하게 말했습니다.

"그것은 술이라는 걸 생각하세요!"

나는 소리쳤습니다.

"물은 요정들이나 마시는 거지!"

그러자 그녀는 내 옆에 앉은 여자들에게 말했습니다.

"남편이 너무 자주 비우지 않도록 우아하게 술잔을 조절해 주세요."

내 옆에 있던 한 여자가 내게 귓속말로 속삭였습니다.

"당신은 몸을 제대로 통제하지 못하게 될 거 같군요."

"난쟁이가 무슨 참견이야?"

나는 이렇게 외치고는 더 난폭하게 행동하다 술잔을 엎었습니다.

"여기 술이 많이 넘쳐흘렀어요!"

내 아름다운 여인은 이렇게 말하고 이 소동으로부터 사람들의 관심을 다시 자신에게 돌리려는 듯 라우테의 줄을 탔습니다. 정말 그녀의 뜻대로 되었고, 그녀가 그저 좀 더 편하게 연주하려고 일어서서 연주를 계속했을 때는 더 큰 효과가 있었습니다.

빨간 포도주가 테이블보 위로 흘러내리는 것을 보고 나는 다시 정신을 차렸습니다. 나는 큰 실수를 저질렀다는 걸 깨닫고 마음속 깊이 후회했습니다. 이제 음악이 처음으로 제대로 들려왔습니다. 그녀가 부른 첫 구절은 사람들과의 정겨운 작별을 노래했지만 사람들은 아직 함께하고 있음을 느낄 수 있었습니다. 이어지는 구절을 듣고 사람들은 뿔뿔이 흩어졌습니다. 모두가 혼자서 고립되어 있다고 느꼈고, 더 이상 아무도 존재하고 있다는 생각이 들지 않았습니다. 그러나 마지막 구절에 대해서는 도대체 뭐라고 말해야 좋을까요? 그것은 오로지 나를 겨냥한 것이었습니다. 그것은 불만과 오만에 작별을 고하는 상처받은 사랑의 목소리였습니다.

나는 아무 말도 하지 않고 그녀를 데리고 집으로 왔고, 좋은 일이 있으리라고는 기대하지 않았습니다. 그러나 우리가 방 안에 들어서자 그녀는 지극히 다정하고 우아하게, 나아가 익살스럽게까지 행동하여 나를 세상에서 가장 행복한 사람으로 만들어주었습니다.

다음날 아침 자신만만해진 나는 아주 정겹게 말했습니다.

"당신은 자주 좋은 사람들로부터 요청을 받아 노래를 불러왔소. 예를 들자면 어제 저녁 그 감동적인 이별의 노래처럼 말이오. 이제 오늘 아침에는 나를 위해서도 다정하고 즐거운 환영의 노래 한 번 불러주오. 우리가 처음 만나 알게 된 것 같은 기분이 들게 말이오."

그녀는 진지하게 대답했습니다.

"친구여, 그렇게는 할 수 없어요. 어제 저녁의 노래는 이제 곧 닥치게 될 우리의 작별을 노래한 거예요. 내가 당신께 말해줄 수 있는 건 약속과 맹세에 대한 모욕이 우리 두 사람에게 최악의 결과를 가져오게 된다는 것뿐이오. 당신은 큰 행복을 잃어버리게 될 것이고, 나 또한 가장 소중한 소망을 포기해야만 하지요."

내가 이 말을 듣고 그녀에게 달려들어 좀 더 자세하게 설명해달라고 애걸하자 그녀는 이렇게 대답했습니다.

"당신 곁에 머무는 것도 끝났으니 유감스럽지만 얘기해드리지요. 들어보세요. 당신에게 마지막 순간까지 숨기고 싶었던 얘기지만요. 당신이 상자 속에서 본 내 모습은 실제로 타고난 그대로의 자연스런 나 자신입니다. 나는 실제 이야기로 많이 전해지는 난쟁이나라의 막강한 군주 에크발트 왕의 혈통을 타고났습니다. 우리 종족은 옛날처럼 지금도 여전히 부지런히 활동하고 일함으로써 다스리기 쉬운 종족이 되고 있지요. 그러나 당신은 난쟁이들이 만들어내는 물건들이 뒤쳐진다고 생각해서는 안 됩니다. 전에는 적을 향해 던지면 적을 뒤쫓는 칼, 적을 묶는데 쓰이는 눈에 보이지 않는 신비스런 쇠사슬, 어떤 것으로도 뚫을 수 없는 방패와 그 밖의 비슷한 것들이 난쟁이들이 만드는 가장 유명한 물건들이었습니다. 그러나 그들은 지금은 주로 안락함을 위한 물건이나 장식품들을 만드는 데 열중하고 있는데, 이것들 또한 지구상의 어떤 종족들보다 뛰어납니다. 당신이 우리의 작업장이나 물품 창고를 들러보면 깜짝 놀랄 겁니다. 아무튼 나라 전체에, 특히 우리 왕가에 특별한 상황이 닥치지만 않았다면 모든 것이 잘 되어갔을 텐데요."

그녀가 잠시 말을 멈췄기에 나는 이 이상한 비밀에 대해 계속 얘기해달라고 간청했고, 그녀는 내 청을 들어주었습니다.

그녀는 말했습니다.

"잘 알려져 있지만 하느님이 세상을 창조하여 땅이 모두 마르고 산맥이 힘차고 늠름하게 솟아오르자 곧장 무엇보다 앞서 난쟁이들을 만들었지요. 그럼으로써 그 이성적 존재들이 땅 속 갱도와 바위틈에 살면서 하느님의 기적에 대해 놀라워하고 존경하도록 했지요. 이 소인족이 나중에는 교만해져서 땅의 지배권을 부당하게 행사하려고 했으므로 하느님은 용을 만들어 소인족을 다시 산속으로 몰아넣게 했다는 사실

또한 잘 알려져 있지요. 그러나 용들이 커다란 동굴과 바위틈에 손수 둥지를 틀고 살면서 대다수가 불을 토해내 많은 것을 초토화시켰기 때문에 난쟁이들은 엄청난 고통과 근심에 빠졌습니다. 그리하여 난쟁이들은 어떻게 하면 좋을지 몰라 허둥댔고, 마침내 겸손해져서 하느님께 간청을 드리게 되었습니다. 그들은 하느님께 이 불순한 용들을 다시 없애달라고 기도하며 간청했습니다. 그러나 하느님은 자신의 지혜로 만들어낸 피조물을 없애버릴 결심을 할 수 없었습니다. 하지만 불쌍한 난쟁이들의 큰 고통을 마음속 깊이 느끼고는 곧 거인들을 만들어내어 용들과 싸우도록 하여 용들을 전멸시키지는 못하더라도 적어도 그 수를 줄이도록 했습니다.

이제 거인들은 용들과의 싸움을 거의 완전한 승리로 끝내자 마찬가지로 용기와 오만이 생겨났습니다. 그리하여 거인들은 많은 악행을 저질렀고, 특히 선량한 난쟁이들에게도 나쁜 짓을 일삼았습니다. 난쟁이들은 고통에 처해 다시 하느님에게 도움을 청했습니다. 그러자 하느님은 자신의 막강한 능력으로 기사들을 만들어내어 거인과 용들을 물리치게 하고 난쟁이들과 사이좋게 살아가도록 했습니다. 이렇게 하여 창조는 일단락 지어졌고, 그 후로는 거인과 용, 기사와 난쟁이가 늘 함께 협력했습니다. 나의 친구여, 내 얘기를 듣고 나니 이제 우리가 세상에서 가장 오래 된 종족이라는 걸 아시겠지요. 이것은 우리에게 충분히 명예로운 일이기도 하지만 우리를 대단히 불리하게 하기도 합니다.

이 세상에 영원히 존속하는 것은 아무 것도 없고, 한 번 컸던 것도 작아지고 줄어들기 마련입니다. 그리하여 우리 또한 세상이 창조된 이후 계속하여 줄어들고 더 작아지는 운명에 처해 있습니다. 무엇보다도 우리 난쟁이 왕족은 순수한 혈통으로 인해 가장 먼저 이런 운명의 지배를 받게 되었습니다. 그래서 우리의 현명한 어른들께서는 이미 오래 전에 해결책을 고안해 냈지요. 그것은 때때로 공주를 왕가에서 지상으로 내보내 고귀한 기사와 결혼시킴으로써 난쟁이족을 다시 활성화시켜 완전한 몰락으로부터 구해낸다는 것입니다."

나의 아름다운 여인이 성심을 다해 이야기를 하고 있는 동안 나는 미심쩍은 마음으로 그녀를 바라보았습니다. 왜냐하면 그녀가 나에게 뭔가 거짓말을 꾸며대고자 하는 듯 여겨졌기 때문입니다. 나는 그녀의 매력적인 혈통에 관해서는 전혀 의심하지 않았습니다. 그러나 그녀가 기사 대신 나를 취했다는 것에 대해서는 어느 정도 미심쩍었습니다. 나는 내 조상들이 하느님이 직접 만들어낸 종족이 아니라는 걸 잘 알고 있었으니까요.

나는 의아함과 의구심을 감추고 그녀에게 다정하게 물었습니다.

"하지만 사랑하는 당신이여, 어떻게 하여 이렇게 크고 훌륭한 모습으로 변하게 되었는지 말해주겠소? 나는 당신과 견줄 만큼 그렇게 화려한 자태를 갖춘 여자는 거의 본 적이 없소."

나의 아름다운 여인은 대답했습니다.

"그것도 알려드리지요. 난쟁이왕들의 궁중회의에서는 예부터 가능한 한 일찍부터 모든 비상사태에 대비해야 한다는 방침이 정해져 내려왔습니다. 나도 그것은 전적으로 당연하고 적절하다고 여기고 있습니다. 나의 남동생이 너무 작아져서 유모들이 포대기에서 잃어버린 다음 어디로 사라졌는지 찾을 수 없는 일이 일어나지만 않았어도 사람들은 아마 공주를 다시 지상에 보내는 것을 오랫동안 주저했을 것입니다. 난쟁이왕국의 역사에서 유례없는 이 사건이 일어나자 왕국은 현자들을 불러 모았고, 신랑감을 구하도록 나를 내보낼 것을 급히 결정했던 것입니다."

나는 외쳤습니다.

"결정이라! 그것은 아주 훌륭하고 좋은 일이지요. 결정을 할 수도 있고, 무언가를 결의할 수도 있지요. 하지만 난쟁이를 이런 완전무결한 모습으로 만들다니, 난쟁이들의 현자들은 어떻게 이런 일을 할 수가 있단 말이오?"

그러자 그녀가 말했습니다.

"그것 또한 이미 우리 조상들에 의해 준비되어 있었어요. 왕실의 보물 중에는 어마어마하게 큰 금반지 하나가 있었지요. 내가 지금 그 반지에 대해 어마어마하게 크다고 하는 것은 어렸을 적 그것이 있던 그곳에서 보고 떠오른 생각을 그대로 말하는 거예요. 그 반지는 지금 내가 손가락에 끼고 있는 바로 이 반지이니까요. 일은 진행되었습니다. 즉 나는 앞으로 내 앞에 무슨 일이 일어날 것인지를 배웠고, 내가 해야 할 일은 무엇이며 내버려두어야 할 일은 무엇인지를 배웠습니다.

내 부모님이 가장 좋아하시는 여름 별궁을 표본으로 하

여 훌륭한 궁전이 완성되었어요. 본관과 측면동과 그 밖에 바라는 모든 것들이 갖춰졌습니다. 그 궁전은 어느 큰 바위계곡의 입구에 서있어 바위계곡을 최고로 멋지게 장식해 주었습니다. 정해진 어느 날 왕궁이 그곳으로 옮겨갔고, 내 부모님은 나를 데리고 갔습니다. 군대가 행진해 갔고, 스물네 명의 사제들이 화려한 들것에 실어 그 기이한 반지를 조심스럽게 운반했습니다. 반지는 궁전건물의 문지방에, 즉 사람들이 넘어 다니는 문지방 바로 안쪽에 놓였습니다. 많은 의식이 거행되었고, 나는 정성어린 작별인사를 한 후 일에 착수했습니다. 내가 걸어 들어가 반지에 손을 올려놓자 나는 곧장 눈에 띄게 커지기 시작했습니다. 나는 순식간에 지금과 같은 키에 이르게 되었고, 그러자 곧장 그 반지를 손가락에 끼웠습니다. 그때 갑자기 창문과 방문과 궁전문이 닫혔고, 측면건물은 오그라들어 본관 속으로 들어가 버렸습니다. 내 옆에는 궁전 대신 작은 상자 하나가 서있었습니다. 나는 곧장 그 상자를 집어 올려 몸에 지닌 채 키가 커지고 힘이 세어진 데 대해 기뻐하면서 길을 떠났습니다. 나는 나무와 산, 냇물과 들판에 비하면 여전히 난쟁이에 불과하지만 풀과 채소, 특히 개미에 비하면 언제나 거인이지요. 우리 난쟁이들은 개미들과는 늘 사이가 좋은 것만은 아니어서 자주 그들에게서 심하게 괴로움을 당하고 있지요.

내가 당신을 만나기까지 이곳저곳을 여행하는 동안 어떤 일이 일어났는지에 대해서도 많은 이야기를 들려줄 수 있어요. 아무튼 나는 많은 사람들을 시험해보았지만 찬란한 에크발트의 혈통을 새롭게 일으켜 세우고 영원히 존속시킬만한 자격이 있는 사람은 당신 외에는 아무도 없는 것 같았습니다."

이 모든 이야기를 들으면서 내가 흔들지도 않은 것 같은데 이따금 나의 머리가 흔들렸습니다. 나는 여러 가지 질문을 했지만 이렇다 할 대답은 들을 수 없었습니다. 그보다는 그녀가 무슨 일인가에 따라 반드시 부모님께 다시 돌아가야 한다는 무척이나 슬픈 얘기를 듣게 되었습니다. 그녀는 다시 나에게 돌아오기를 소망하지만 지금은 어쩔 수 없이 가야만 한다고 말했습니다. 그렇지 않으면 나와 그녀에게서 모든 것이 사라져버릴 것이기 때문이라는 것이었습니다. 돈지갑의 돈도 곧 다 떨어지고, 그렇게 되면 온갖 나쁜 일이 다 벌어질지 모른다는 것이었습니다.

돈이 다 떨어질 것이라는 얘기를 듣자 나는 무슨 일이 또 일어날 것인지에 대해서는 더 이상 묻지 않았습니다. 나는 어깨를 움찔했고, 입을 다물었습니다. 그녀는 나를 이해하는 것 같았습니다.

우리는 짐을 챙겨 마차에 올라앉았습니다. 그 작은 상자는 맞은편에 올려놓았는데, 나는 아직도 그것이 궁전에서 비롯된 것이라고는 전혀 생각할 수 없었습니다. 우리는 그렇게 여러 정거장을 지났습니다. 마차요금과 팁은 오른쪽과 왼쪽의 돈주머니에서 기분 좋게 충분히 내주었습니다. 마침내 우리는 어느 산악지역에 도착했고, 마차에서 내리자마자 나의 아름다운 여인이 앞장서 갔고, 나는 그녀의 지시대로 그 작은 상자를 가지고 뒤따랐습니다. 그녀는 나를 꽤 가파른 길을 지나 어느 좁은 초원으로 데리고 갔습니다. 초원을 통과하는 시냇물이 갑자기 맑은 샘물이 되었다가 조용히 굽이쳐 흐르곤 했습니다. 이때 그녀는 솟아 오른 평평한 한 곳을 가리키고는 그 상자를 내려놓으라고 지시하며 내게 말했습니다.

“안녕히 가세요. 돌아가는 길은 쉽게 찾을 수 있을 거예요. 나를 잊지 말아 주세요. 당신과 다시 만날 수 있기를 바랍니다."

그 순간 나는 도저히 그녀를 떠날 수 없을 것 같았습니다. 이제 그녀는 자신이 원하기만 하면 멋진 날과 멋진 시간을 되찾을 수 있게 된 것입니다. 그처럼 사랑스런 여인과 단둘이서 푸른 초원 위 풀과 꽃 사이에서 바위에 둘러싸여 물과 얘기를 나누고 있는데 무감각하게 가만히 있을 사람이 어디 있을까요! 나는 그녀의 손을 붙잡고 껴안으려 했습니다. 그러나 그녀는 나를 밀치고는 여전히 애정이 가득한 모습을 보이면서도 즉시 떠나지 않으면 큰 위험이 닥칠 것이라고 나에게 주의를 주었습니다.

나는 소리쳤습니다.

"내가 당신 곁에 머무를 수 있고, 당신이 나를 곁에 붙들어 둘 수 있는 방법은 전혀 없단 말이오?"

내가 무척이나 비통한 몸짓과 어조로 이렇게 말하자 그녀는 마음이 동요된 듯했으며, 잠시 생각하더니 우리의 관계가 지속되는 일이 전혀 불가능한 것만은 아니라고 고백했습니다. 이 순간 나보다 더 행복한 사람이 있었을까요! 내가 점점 더 집요하게 다그치자 그녀는 마침내 입을 열어 나에게 털어

놓았습니다. 만약 내가 전에 본 그녀처럼 그렇게 작아지기로 마음을 먹는다면 지금도 그녀 곁에 머무를 수 있을 것이며, 그녀의 집, 그녀의 왕국, 그녀의 가족에게로 함께 갈 수 있다는 것이었습니다. 나는 이 제안이 마음에 썩 들지는 않았지만 그 순간 도저히 그녀와 헤어질 수 없었고, 이미 오래 전부터 기이한 일에 익숙해져 왔으며, 신속한 결정이 요구되었기 때문에 동의를 하고 그녀가 내게 원하는 대로 행동하라고 말했습니다.

그녀는 곧장 내 오른손 새끼손가락을 내밀게 하더니 자신의 오른손 새끼손가락을 마주 댄 다음 왼손으로 금반지를 살며시 빼내어 내 손가락에 옮겨 끼워주었습니다. 그러자 나는 곧 손가락에 엄청난 통증을 느꼈습니다. 반지가 꽉 조여들어 나를 무척 고통스럽게 했던 것입니다. 나는 크게 비명을 질렀고, 나도 모르게 사방을 둘러보며 내 아름다운 여인을 찾았지만 그녀는 사라지고 없었습니다. 그때 내 기분이 어떠했는지는 말로 표현할 수 없을 정도였습니다. 오직 한 가지 말할 수 있는 것은 내가 곧장 아주 왜소하고 키가 작아져서 내 아름다운 여인과 나란히 풀줄기로 덮인 숲 속에 있게 되었다는 것뿐입니다. 잠깐 동안의 특이한 이별 뒤의 재회, 아니면 여러분의 생각대로 이별 없는 재결합의 그 기쁨은 이루 다 말할 수 없는 것이지요. 나는 그녀의 목을 끌어안았고, 그녀는 내 애무에 응대해 주었습니다. 우리 작은 한 쌍은 큰 쌍 못지않은 행복감을 느꼈습니다.

우리는 약간의 불편을 겪으며 언덕으로 올라갔습니다. 초원은 우리가 거의 뚫고 지나갈 수 없을 정도의 숲이 되어 있었기 때문입니다. 하지만 우리는 마침내 어느 공터에 이르렀습니다. 나는 거기에서 커다랗고 잘 다듬어진 어떤 형체를 보았는데, 그것이 내가 놓아둔 그대로의 바로 그 작은 상자라는 것을 곧장 알아차리고는 얼마나 놀랐는지 모릅니다.

내 사랑하는 여인이 말했습니다.

"거기로 가서 반지로 두드려 보세요. 당신은 기적이 일어나는 걸 보게 될 거예요."

나는 그쪽으로 다가가서 그것을 두드렸고, 그러자 곧장 어마어마한 기적을 체험했습니다. 두 개의 측면건물이 움직이며 앞으로 나오더니 동시에 마치 비늘이나 대팻밥처럼 여러 부분들이 떨어져 내렸습니다. 그리하여 내 눈앞에는 문,

창문, 주랑과 모든 것이 갖춰진 완성된 궁전의 모습이 펼쳐졌습니다.

한 번 당기면 많은 태엽과 용수철이 움직여 교탁과 필기구, 편지함과 금전함이 한꺼번에 또는 연달아 쏟아져 나오는 뢴트겐의 요술책상을 본 적이 있는 사람이라면 내 귀여운 동반자가 나를 끌고 들어간 그 궁전이 어떻게 펼쳐졌는지를 상상할 수 있을 것입니다. 중앙홀에서 나는 전에 위에서 내려다본 그 벽난로와 그녀가 앉아있던 안락의자를 곧장 알아보았습니다. 그리고 위를 바라보자 정말로 둥근 천장에 난 틈 같은 것이 있는 것 같았습니다. 그 밖의 것을 장황하게 설명하여 여러분을 귀찮게 하지는 않겠습니다. 어쨌든 모든 것이 넓고 훌륭하고 구미가 당겼습니다. 내가 놀라움에서 깨어나기가 무섭게 멀리서 군악대의 음악소리가 들려왔습니다. 나의 아름다운 반쪽은 기뻐서 펄쩍 뛰어 일어나 감격에 겨워 자기 아버지가 도착했음을 내게 알렸습니다. 우리는 문으로 내려가 어느 눈에 띄는 바위틈에서 화려한 행렬이 이동해오는 것을 바라보았습니다. 군인들, 하인들, 왕실관리들, 번쩍이는 조신들이 줄을 이었습니다. 마지막으로 황금 옷차림을 한 무리들과 그 가운데에 있는 왕도 보였습니다. 모든 행렬이 궁전 앞에 도열하자 왕이 측근들에 둘러싸여 앞으로 걸어 나왔습니다. 왕의 귀여운 딸은 나를 데리고 서둘러 왕을 맞이하러 달려갔습니다. 우리는 그의 발치에 엎드렸고, 왕은 나를 아주 인자하게 일으켰습니다. 나는 왕의 앞에 서게 되자 비로소 그 소인들의 세계에서는 내가 가장 두드러진 체격을 갖추고 있다는 걸 알았습니다. 우리는 함께 궁전으로 들어갔습니다. 왕은 모든 신하들이 있는 가운데 잘 다듬어진 연설을 통해 우리가 여기에 있는 것을 발견하고 깜짝 놀랐다고 말하고, 황송할 정도로 우리를 환대했습니다. 그리고 나를 사위로 인정하고 다음날로 결혼식날짜를 정해주었습니다.

결혼 얘기를 듣자 나는 갑자기 엄청나게 무서워졌습니다. 왜냐하면 나는 그때까지 결혼을 내가 이 세상에서 가장 혐오스런 것으로 여겨온 음악보다도 더 두려워해왔기 때문입니다. 내가 입버릇처럼 하는 말이지만 음악을 하는 사람들은 자기들끼리 서로 일치되어 조화를 만들어 나가고 있다는 착각에 빠져 있습니다. 그들은 너무도 오랫동안 악기음을 조절하며 온갖 불협화음으로 우리의 귀를 찢어놓고는 이제는 완전한 상태가 되고 악기도 서로 들어맞는다고 굳게 믿기 때문입니다. 악단지휘자까지도 이런 행복한 망상에 빠져 있습니다. 그리하여 흥겹게 음악이 울리는 동안 그것을 듣는 우리들은 언제나 귀를 찢는 소음에 시달립니다. 반면 결혼생활에 있어서는 사정이 다릅니다. 결혼생활은 이중주에 불과하여 두 개의 소리, 즉 두 개의 악기만 어느 정도 일치될 수 있으면 된다고 생각할 수 있지만 그렇게 되는 경우는 드물기 때문입니다. 남편이 음을 내면 아내는 곧장 더 높은 음으로 응하고, 남편은 다시 더 높은 음을 내는 것입니다. 그리하여 실내악의 음에서 합창곡의 음으로 넘어가고, 점점 더 그런 식으로 높아져서 마침내 취주악기들 자체가 따라갈 수 없게 되는 것입니다. 따라서 나는 조화를 이룬 음악에도 거부감을 느끼는 터에 하물며 조화를 이루지 못하는 것을 견뎌내지 못한다고 하여 나쁘다고는 생각하지 않습니다.

나는 그날 벌어진 온갖 축제행사들에 대해서는 이야기하고 싶지도 않고 할 수도 없습니다. 나는 그런 것에 대해 전혀 관심을 두지 않았기 때문입니다. 값진 음식과 귀한 술 등 그 어떤 것에도 구미가 당기지 않았습니다. 나는 어떻게 해야 좋을지 곰곰이 생각하고 또 생각했습니다. 그러나 별다른 것을 생각해낼 수 없었습니다. 밤이 되자 나는 당장 일어나 그곳을 빠져나가 어딘가에 몸을 숨기기로 결심했습니다. 다행히 나는 어느 바위틈에 이르러 간신히 그 속으로 뚫고 들어가 가능한 한 몸을 잘 숨길 수 있었습니다. 그런 다음 내가 한 첫 번째 노력은 그 불행의 반지를 손가락에서 빼내는 일이었지만 그것이 쉽게 이루어지지는 않았습니다. 오히려 내가 반지를 빼내려고 생각하자마자 그것은 점점 더 조여들었고, 그 때문에 나는 심한 통증을 느꼈습니다. 그러나 내가 그것을 빼내려는 생각을 접으면 즉시 통증은 약해졌습니다.

난쟁이가 된 나는 매우 잘 잤기 때문에 아침 일찍 일어났습니다. 그리고 막 주변을 둘러보려고 하는데 머리 위에서 비와도 같은 어떤 것이 내리기 시작했습니다. 그것은 풀과 나뭇잎과 꽃 사이로 마치 모래나 돌가루와 같이 무더기로 떨어져 내렸습니다. 내 주변의 모든 것이 살아 움직이더니 끝없이 많은 개미떼가 내게로 떨어져 내렸을 때 나는 얼마나 놀랐는지 모릅니다. 개미들은 나를 보자마자 사방에서 공격해 왔습니다. 나는 용감무쌍하게 방어를 했지만 결국 그들이 떼 지어 나를 뒤덮고 꼬집고 괴롭혔으므로 항복하라고 외치는 그들의 소리를 듣자 나는 오히려 기뻤습니다. 실제로 나는 곧장 항복했습니다. 그러자 눈에 띄는 체구를 한 개미가 공손하고 정중한 태도로 내게 다가와 용서를 구했습니다. 나는 개미들이 내 장인의 동맹자가 되었으며, 내 장인이 이번 사태에 그들을 동원하여 나를 데려오라는 명령을 내렸다는 얘기를 들었습니다. 이제 난쟁이인 나는 더 작은 난쟁이들의 손아귀에 놓이게 되었습니다. 나는 결혼을 즐거운 마음으로 기다렸고, 장인이 노하지도 않고 내 아름다운 여인이 불쾌한 상태가 되어 있지도 않자 다시 하느님께 감사드리지 않을 수 없었습니다.

이제 모든 결혼의식들에 대해서는 입을 다물게 해주십시오. 어쨌든 우리는 결혼했으니까요. 우리는 즐겁고 쾌활하게 생활해 나갔지만 그럼에도 불구하고 곰곰이 생각에 잠기게 되는 쓸쓸한 시간이 있었습니다. 그리고는 아직 한 번도 대해보지 않은 어떤 것과 만나게 되었습니다. 그럼 내가 무엇을 어떻게 만나게 되었는지 들어보십시오.

내 주변의 모든 것은 당시의 내 모습과 필요에 꼭 맞춰져 있었습니다. 술병이나 술잔도 난쟁이로 작아진 내가 마시기에 적당한 크기였고, 우리들 보통의 인간 세계에서보다 더 나은 치수였다고도 볼 수 있습니다. 내 작은 입으로 부드럽게 씹어 먹는 맛이 일품이었고, 아내의 조그만 입이 해주는 입맞춤도 너무나 매혹적이었습니다. 이런 새로움이 내가 처한 모든 상황을 지극히 아늑하게 해주었다는 것을 나는 부인할 수 없습니다. 하지만 유감스럽게도 이전의 내 상태를 잊을 수는 없었습니다. 나는 마음속으로 작아지기 전의 내 크기를 생각했고, 그것이 나를 불안하고 불행하게 만들었습니다. 나는 철학자들이 이해하고자 하는, 인간을 그토록 고통스럽게 하는 이상이 무엇인지를 처음으로 깨달았습니다. 나 역시 내 이상을 가지고 있었고, 그것은 이따금 거인처럼 꿈속에서 나타나곤 했습니다. 아무튼 아내, 반지, 난쟁이모습, 그 밖의 많은 속박들이 나를 극도로 불행하게 했습니다. 그리하여 나는 풀려날 방도를 진지하게 생각하기 시작했습니다.

나는 모든 마력은 반지에 숨어있다고 믿었기 때문에 반지를 줄로 갈아 잘라버리기로 결심했습니다. 그리하여 나는 궁중의 보석세공인에게서 줄을 몇 개 훔쳤습니다. 다행히도 나는 왼손잡이였고, 살아오면서 오른손을 쓴 적은 한 번도 없었습니다. 나는 과감하게 일에 착수했습니다. 하지만 일이 쉽지는 않았습니다. 그 금반지는 보기에는 얇았지만 처음에 컸던 것에서 오그라들었기에 그만큼 더 두꺼워졌기 때문입니다. 나는 틈이 날 때마다 사람들의 눈에 띄지 않게 이 작업에 몰두했고, 곧 이 반지가 잘리면 문 밖으로 나갈 수 있으리라는 생각을 할 만큼 현명했습니다. 내 생각은 들어맞았습니다. 갑자기 금반지가 세차게 손가락에서 튕겨나갔고, 내 몸은 힘차게 공중으로 솟아올랐던 것입니다. 그래서 나는 정말로 하늘에 부딪히겠다는 생각이 들었고, 속수무책으로 여름궁전의 둥근 천장을 뚫어버렸습니다. 새로이 이루어진 내 둔중한 몸에 의해 여름궁전 건물 전체가 무너져 내릴 것 같았습니다.

나는 이제 다시 물론 훨씬 더 커진 채 홀로 서있게 되었습니다. 하지만 훨씬 더 어리석고 둔중해진 것 같은 생각이 들었습니다. 그리고 혼미상태에서 깨어나자 옆에 상자가 있는 것을 보았습니다. 나는 그것을 들어 올려 오솔길을 따라 마차 정류장으로 가지고 가면서 그것이 꽤 무겁다는 것을 알았습니다. 나는 정류장에서 곧장 말을 마차에 매어 출발했습니다.

가는 도중 나는 곧장 양쪽에 매달린 주머니를 확인해 보았습니다. 돈이 들어있던 곳에는 돈은 모두 떨어진 듯했지만 열쇠 하나가 들어 있었습니다. 그것은 상자의 열쇠였습니다. 상자 안에는 돈을 대신할 꽤 많은 물건이 있었습니다. 나는 그것이 남아있는 동안에는 마차를 이용했습니다. 그런 다음에는 마차를 팔아 우편마차를 타고 이동했습니다. 상자는 맨 나중에 처분했습니다. 왜냐하면 나는 늘 그 상자가 다시 한 번 채워지지 않을까 생각해왔기 때문입니다. 이렇게 하여 나는 꽤 먼 길을 돌아오긴 했지만 마침내 여러분들이 나를 처음 알게 된 주방의 여자요리사에게로 다시 돌아온 것입니다.

신新 파리스

최근 나는 오순절 일요일 전날 밤에 거울 앞에 서서 부모님이 축제날 입으라고 만들어 준 새 여름옷을 입는 데 열중하는 꿈을 꾸었다. 그 차림새는 너희들도 알고 있듯 은으로 된 큰 굽이 달린 깨끗한 가죽구두를 신고, 부드러운 면양말에 비단바지를 입고, 금단추가 달린 녹색 양털 웃옷을 입고 있었다. 게다가 금실을 넣은 천으로 만든 조끼는 아버지의 결혼식 조끼를 잘라 만든 것이었다. 나는 이발을 하고 분을 발랐으며, 내 곱슬머리는 마치 작은 날개처럼 내 머리에 달라붙어 있었다. 그러나 나는 옷 입는 일을 끝낼 수가 없었다. 왜냐하면 나는 계속 옷을 바꿔 입었고, 두 번째 옷을 입으려고 하면 먼저 입었던 옷이 몸에서 흘러내리곤 했기 때문이다. 이렇게 내가 몹시 어쩔 줄 몰라 하고 있을 때 멋진 젊은 남자 한 사람이 내게 다가와 아주 다정하게 인사를 했다.

나는 말했다.

"아, 어서 오십시오! 여기서 뵙게 되어 무척 기쁩니다."

그러자 그 남자는 웃으면서 답했다.

"자네는 나를 아는가?"

나는 곧장 웃으면서 대답했다.

"어찌 모를 수가 있겠어요? 당신은 메르쿠르 씨지요. 나는 그림에서 당신을 자주 보았어요."

그러자 그는 이렇게 말했다.

"그게 바로 나지. 신들이 중요한 임무를 맡겨 나를 자네에게로 보냈다네. 여기 사과 세 개가 보이지?"

그는 손을 내밀어 내게 세 개의 사과를 가리켰다. 그것들은 그의 손으로 붙잡을 수 없을 만큼 크고도 무척이나 아름다웠다. 한 개는 빨간색, 또 한 개는 노란색, 세 번째 것은 녹색이었다. 그것들은 과일 모양의 보석들처럼 보였다. 내가 그것을 잡으려고 하자 그가 뒤로 물러서서 말했다.

"자네는 우선 이것이 자네 것이 아니라는 것을 알아야 하네. 자네는 이 사과들을 도시에 사는 가장 멋진 젊은이 세 사람에게 가져다주어야 하네. 그러면 그들은 각자의 선택에 따라 자신들이 원하는 대로 신부를 찾게 될 거라네. 어서 이것을 가지고 가서 자네의 임무를 잘 마치도록 하게!"

그는 떠나면서 이렇게 말하고, 내 벌린 두 손에 사과들을 건네주었다. 사과는 더 커진 것처럼 보였다. 사과들을 높이 들어 올려 불빛에 비춰보니 그것들은 온통 투명했다. 그러나 그것들은 곧장 위로 길게 늘어나더니 적당한 크기의 인형만 한 어여쁘고도 어여쁜 아가씨들로 변했고, 그들의 옷 색깔은 조금 전의 사과 색깔과 같았다. 그녀들은 살며시 내 손가락에서 빠져나가 위로 날아올랐고, 내가 한 아가씨만이라도 붙잡으려고 손을 위로 뻗었지만 이미 멀리 하늘 높이 떠올라 나는 그저 멍하니 바라볼 수밖에 없었다. 나는 온통 어리둥절하여 돌처럼 굳은 듯 서서 공중에 뻗친 채 무언가가 보이기라도 하는 듯 손가락들을 바라보았다. 그랬더니 갑자기 내 손가락 끝에서 너무나도 귀여운 소녀 하나가 빙빙 돌며 춤을 추고 있는 모습이 보였다. 그녀는 앞의 세 아가씨들보다 작았지만 너무나도 귀엽고 쾌활했다. 그녀는 앞의 아가씨들처럼 날아가 버리지 않고 머물면서 이 손가락 끝에서 저 손가락 끝으로 춤을 추며 옮겨 다녀 나는 그녀를 한 동안 신기해하며 바라보았다. 그녀가 무척 내 마음에 들어서 나는 그녀를 잡을 수 있으리라 믿고 재빨리 그녀를 붙잡으려고 생각했다. 하지만 바로 그 순간 머리를 한 대 얻어맞은 듯한 느낌이 들면서 나는 완전히 정신을 잃고 주저앉았다. 정신을 차리고 깨어나 보니 옷을 입고 교회에 갈 시간이었다.

예배 중에 나는 자꾸만 조금 전의 그 모습을 그려보았다. 할아버지 집 식탁에서 점심을 먹을 때도 그랬다. 오후에 나는 몇몇 친구들을 방문하려고 했다. 새 옷을 입고, 옆구리에 모자를 끼고, 허리에 칼을 찬 내 모습을 보여주고 싶었고, 그들을 꼭 방문해야 할 필요도 있었기 때문이다. 친구들은 아무도 집에 없었고, 그들이 정원으로 나갔다는 말을 들은 나는 그들을 따라가서 저녁시간을 즐겁게 보내려고 생각했다. 내가 가는 길은 성벽 쪽으로 나 있었다. 언제나 유령이 나올 것만 같아 '불길한 성벽'이라고 불리는 곳으로 들어섰다. 나는 천천히 걸어가면서 세 여신들을 생각했다. 특히 그 작은 요정을 생각하고는 손가락을 이따금 높이 들어 올려 그녀가 다시 내 손가락 위에서 춤을 추기를 바랐다. 나는 이런 생각을 하며 앞으로 걸어가다가 왼쪽 성벽 안에서 지금까지 본 기억이 없는 작은 문을 발견했다. 그 문은 낮아 보였지만 문 위의 둥근 아치는 큰 남자도 통과시킬 수 있을 것 같았다. 아치와 벽은 석공과 조각가에 의해 매우 정교하게 다듬어져 있었으나 정말로 내 주의를 끈 것은 바로 문이었다. 거의 장식이 없는 아주 오래된 갈색 나무문에는 고상하면서도 심오하게 가공된 청동띠가 박혀 있었고, 나뭇잎 모양의 조각 위에는 실물과 똑같은 새들이 앉아 있어 나는 한없이 경탄할 뿐이었다. 그러나 내가 가장 기이하게 여긴 것은 열쇠구멍도, 손잡이도, 문두드리개도 없었다는 점이다. 그리하여 나는 이 문은 안에서만 열 수 있을 것이라고 생각했다. 내 생각은 틀리지 않았다. 왜냐하면 내가 장식들을 만져보려고 문에 가까이 다가가자 안쪽에서 저절로 문이 열리더니 길고 넓은 기이한 옷을 입은 남자가 나타났기 때문이다. 위엄 있는 수염이 턱을 감싸고 있어 나는 그가 유대인이 아닐까 생각했다. 그러나 그는 마치 내 마음을 알아내기라도 한 듯 성호를 그어 자신이 선량한 가톨릭 신자라는 것을 알려주었다. 그는 친절한 목소리와 태도로 말했다.

"여보 젊은이, 어떻게 여기까지 왔소, 여기서 뭘 하는 거요?"

나는 대답했다.

"이 문의 장식에 감탄하고 있습니다. 이런 것은 본 적이 없어서요. 이것은 애호가들의 수집미술품들 속에 있는 소품임에 틀림없을 테지요."

내 말에 그는 이렇게 답했다.

"당신이 이런 장식을 좋아한다니 기쁘구려. 이 문은 안쪽이 더 멋지다오. 괜찮다면 안으로 들어와 보시오."

나는 썩 들어가고 싶지는 않았다. 이 문지기의 기이한 옷차림과 외딴 곳이라는 점, 그리고 무언지 알 수는 없지만 공중에 떠있는 듯한 어떤 것이 나를 불안하게 했다. 그래서 나는 외부를 좀 더 관찰하겠다는 구실을 대고 벽 아래에 그대로 서 있었다. 그리고 내 앞에 정원이 열려 있었으므로 몰래 그 안을 들여다보았다. 문 바로 뒤에 그늘진 넓은 공터가 보였다. 일정한 간격을 두고 서 있는 오래된 보리수나무의 나뭇가지들이 빽빽하게 뒤얽혀 그곳을 완전히 덮고 있어 아주 더운 날에는 그 아래에서 많은 사람들이 쉴 수 있을 것 같았다. 나는 이미 문턱을 넘어섰고, 그 노인은 계속 한 걸음씩 나를 유혹했다. 나도 거부하지 않았는데, 왕자나 황제는 그런 경우

절대로 위험한지 어떤지를 물어서는 안 된다는 말을 늘 들어왔기 때문이다. 나는 더욱이 허리에 칼까지 차고 있었다. 만약 그가 적대시한다고 해도 그런 노인쯤이야 해치울 수 있지 않을까? 그래서 나는 안심하고 안으로 들어갔다. 문지기가 문을 닫았는데, 너무 조용해서 거의 알아들을 수 없었다. 그리고 그는 안쪽에 치장된 정말로 훨씬 더 정교한 장식들을 보여주고 설명해주면서 내게 각별한 호의를 베풀었다. 그리하여 나는 이제 완전히 안심하고 둥글게 뻗은 성벽 옆 나무가 울창한 곳에서 계속 앞으로 나갔다. 성벽에서는 경탄할만한 많은 것들을 볼 수 있었다. 조개, 산호, 금속조각들로 정교하게 장식된 벽감(壁龕)들은 해신 트리톤의 입에서 흘러나오는 풍부한 물을 대리석 수조로 흘러내리고 있었다. 그 사이에는 새장들이 놓여있었고, 여러 우리들이 있었는데, 그 안에서는 다람쥐들이 깡충깡충 뛰어다니고, 모르모트들이 이리저리 달리고, 지금까지 보고 싶어 했던 온갖 귀여운 동물들이 있었다. 우리가 앞으로 걸어가는 동안 새들은 소리를 지르고 노래를 불렀다. 특히 찌르레기들이 가장 바보 같은 말을 지껄였다. 한 놈은 계속하여 "파리스, 파리스"라고, 또 한 놈은 "나르

치스, 나르치스"라고 외쳤는데, 학교에 다니는 아이가 발음하는 것만큼이나 또렷하게 들렸다. 새들이 이렇게 외쳐대고 있는 동안 노인은 계속 진지하게 나를 바라보는 것 같았다. 그러나 나는 모르는 척했는데, 정말이지 그에게 주의를 기울일 여유도 없었다. 왜냐하면 나는 우리가 둥글게 돌아서 걸었던 이 그늘진 공간은 커다란 원으로서 그 안에 다른 더 중요한 원이 포함되어 있다는 것을 알았기 때문이다. 우리는 다시 그 작은 문으로 돌아와 있었고, 노인은 나를 밖으로 내보내려는 것 같았다. 그러나 내 두 눈은 이 기이한 정원의 중앙을 둘러싸고 있는 듯 보이는 황금 울타리에 쏠려 있었다. 노인은 나를 계속 중앙에서 꽤 떨어진 성벽 옆으로만 데리고 다녔는데 나는 걸어 다니는 동안 이 황금 울타리를 충분히 볼 기회가 있었다. 그가 막 그 작은 문을 향해 걸어가자 나는 그에게 몸을 숙여 인사를 하며 말했다.

"당신은 저를 너무도 친절히 대해 주셨습니다. 그래서 당신과 헤어지기 전에 한 가지만 더 부탁을 드리고 싶습니다. 이 큰 원 안에 있는, 정원의 가운데를 둘러싸고 있는 듯한 저 황금의 울타리를 좀 더 가까이에서 볼 수 있을까요?"

그는 대답했다.

"좋소. 그러나 그러려면 몇 가지 조건을 지켜야 하오."

나는 급히 물었다.

"어떤 조건인데요?"

"당신은 모자와 칼을 여기에 남겨놓아야 하며, 내가 당신을 데리고 다니는 동안 내 손을 놓으면 안 되오."

"물론 그렇게 하겠습니다!"

노인의 말에 나는 이렇게 대답하고는 모자와 칼을 가장 가까운 돌 벤치 위에 올려놓았다. 그는 곧장 오른손으로 내 왼손을 꼭 붙잡고 나를 제법 힘껏 앞으로 끌고 갔다. 우리가 울타리 옆에 왔을 때 나의 놀람은 경탄으로 바뀌었다. 나는 그런 것을 한 번도 본 적이 없었다. 어느 높은 대리석 받침 위에 뾰족창과 양날창들이 나란히 열을 지어 놓여 있었고, 특이하게 장식된 창끝들이 한데 모여 하나의 완전한 원을 이루고 있었다. 나는 틈새를 통해 들여다보았는데, 바로 그 뒤쪽에 양쪽이 대리석으로 막힌 가운데 조용히 흐르는 물이 보였다. 맑은 물속에서는 많은 금붕어와 은붕어들이 때로는 천천히 때로는 빠르게, 때로는 한 마리씩 때로는 떼를 지어 이리저리 움직이고 있었다. 그때 나는 정원의 가운데가 어떻게 되어 있는지 궁금해 물길 너머를 바라보고 싶은 생각이 들었다. 그러나 실망스럽게도 건너편도 물이 울타리로 둘러싸여 있었다. 더욱이 교묘하게도 이쪽의 틈새가 저쪽의 뾰족창이나 양날창, 그 밖의 장식물들에 가려져 있어 어떤 곳에 있어도 들여다볼 수가 없었다. 게다가 노인이 나를 여전히 꼭 붙들고 있었기 때문에 방해가 되어 자유로이 움직일 수도 없었다. 그러는 사이 나는 내가 본 모든 것에 대해 호기심이 점점 더 커졌다. 나는 용기를 내서 노인에게 저쪽으로 건너갈 수 없느냐고 물었다. 그러자 노인이 대답했다.

"안 될 리가 있겠소? 하지만 한 가지 조건이 있소."

내가 무슨 조건이냐고 묻자 그는 내게 옷을 갈아입어야 된다고 알려주었다. 나는 그 조건에 매우 만족했다. 그는 나를 다시 성벽 쪽의 작고 깨끗한 방으로 데리고 갔다. 그 방의 벽에는 여러 가지 옷들이 걸려있었는데, 모두가 동양의상에 가깝게 보였다. 나는 재빨리 옷을 갈아입었다. 그는 분을 뿌린 내 머리털을 내가 깜짝 놀랄 정도로 힘껏 털고 나서 머리에 울긋불긋한 망을 씌워주었다. 이제 나는 큰 거울 앞에서 나의 변장한 모습을 보고 매우 멋지다고 느꼈고, 딱딱한 풍의 나들이옷을 입었을 때보다 더 마음에 들었다. 나는 연례 시장의 극장에서 보았던 무용수들처럼 몇 가지 동작과 뜀뛰기를 해보았다. 이렇게 하면서 거울 속을 들여다보다가 우연히 거울에 비친 내 뒤의 어떤 벽감을 보게 되었다. 벽감의 하얀 바닥에는 세 개의 녹색 끈이 달려있었는데, 모두 각각 다른 식으로 꼬여있었다. 멀리에 있던 나는 뚜렷하게 알아볼 수가 없었다. 그래서 나는 급히 돌아서서 노인에게 벽감과 끈에 대해 물어보았다. 그는 매우 기꺼이 끈 한 개를 끌어내려 보여주었다. 그것은 꽤 질긴 녹색 비단 끈이었는데, 양쪽 끝은 두 개의 구멍이 뚫린 가죽에 꿰어 있었고, 모양새로 보아 그다지 바람직스럽지 못한 용도에 쓰이는 도구 같았다. 나는 그 물건이 마음에 걸려 노인에게 그것이 무슨 의미를 지닌 것인지 물어보았다. 노인은 침착하고 친절하게 대답해 주었다. 그는 이 끈은 여기서 선사해 준 믿음을 남용하는 사람들을 위해 있는 것이라고 말했다. 노인은 그 끈을 다시 제자리에 걸어놓고 곧장 자기를 따라오라고 했다. 그는 이번에는 나를 붙잡지 않았으며, 그래서 나는 옆에서 자유롭게 걸어갔다.

이제 나의 가장 큰 호기심은 울타리를 건너고 물길을 건너기 위한 문들이 어디에 있고, 다리들이 어디에 있느냐는 것이었다. 왜냐하면 나는 지금까지 그런 것들을 발견하지 못했기 때문이다. 그래서 나는 황금 울타리 쪽으로 우리가 급히 달려갔을 때 그것을 자세히 관찰했다. 그 순간 눈이 보이지 않았다. 왜냐하면 갑자기 뾰족창, 투창, 도끼칼, 양날창들이 요동치고 흔들리기 시작했기 때문이다. 이 기이한 움직임은 마치 창으로 무장한 고대의 두 전투대가 서로 상대를 향해 돌진하려는 것처럼 모든 창끝들이 서로를 향해 내려지자 끝났다. 눈을 어지럽히는 혼란과 귀를 찢는 소음은 거의 참을 수 없을 정도였다. 그러나 창끝들이 완전히 내려지고 둥근 물길을 덮어 상상을 초월하는 멋진 다리를 만들었을 때, 그 광경은 너무나도 놀라운 것이었다. 이제 내 눈앞에는 너무도 다채로운 정원이 놓여있었던 것이다. 그것은 서로 얽힌 화단들로 나뉘어 있었고, 전체적으로 보면 미로로 장식되어 있었다. 화단들은 모두 내가 본 적이 없는 키가 작고 녹색이며 솜털이 자라나는 식물들로 둘러져 있었고, 역시 키가 작고 바닥에 붙어 있는 온갖 다채로운 색깔의 꽃들이 있어 미리 정교하게 설계

하여 만든 것임을 쉽게 알 수 있었다. 햇살을 가득 받으며 즐긴 이 화려한 광경은 나의 시선을 완전히 붙들어 맸다. 그러나 나는 발을 어디로 떼어 놓아야 할지 거의 알 수 없었다. 구불구불한 길들은 더없이 깨끗한 푸른 모래가 깔려 있었고, 모래는 어두운 하늘을, 아니 물속에 비친 하늘을 땅위에 만들어 놓은 것처럼 보였기 때문이다. 그래서 나는 땅을 바라보면서 잠시 동안 안내자와 나란히 걸어가다가 마침내 이 둥근 화단의 중앙에 실측백나무 아니면 포플러 종류의 나무들로 된 커다란 원이 서 있다는 것을 알게 되었는데, 땅에서 맨 아래의 가지들이 솟아올라 있는 듯하여 그 안을 들여다볼 수는 없었다. 안내자는 나를 다음 길로 똑바로 가게 하지 않고, 곧장 그 중앙으로 데리고 갔다. 그래서 나는 높은 나무들의 원 속에 들어서서 하나의 정교한 정원별장 현관을 보게 되었는데 얼마나 놀랐는지 모른다. 그 정원별장은 어느 쪽이나 비슷한 모양을 하고 비슷한 입구가 있는 듯했다. 그러나 이 건축예술의 표본보다도 나를 더 매료시킨 것은 그 건물에서 흘러나오는 신성한 음악소리였다. 그것은 라우테 소리 같기도 했고, 하프 소리처럼 들리기도 했고, 치터 소리인 듯도 했으며, 때로는 이 세 악기 중 어느 것에서도 나올 수 없는 어떤 울림으로 여겨지기도 했다. 우리가 걸어가 도달한 문은 노인이 살며시 손을 대자 곧장 열렸다. 그런데 밖으로 나오는 문지기 여인이 꿈속에 내 손가락 위에서 춤을 추었던 그 귀여운 소녀와 똑같은 것을 보고 나는 얼마나 놀랐는지 모른다. 그녀는 마치 우리를 잘 알고 있는 듯한 태도로 인사를 하고는 내게 들어오라고 청했다. 노인은 뒤에 남았고, 나는 그녀와 함께 둥글고 아름답게 장식된 짧은 복도를 지나 가운데 홀 쪽으로 걸어갔다. 홀에 들어서면서 멋진 돔 양식의 천정이 시선을 끌면서 나를 감탄에 빠뜨렸다. 그러나 내 눈은 이 홀에 오래 머물 수 없었는데, 그보다 더 매력적인 광경에 유혹 당했기 때문이다. 원형 천장 바로 아래 중앙의 양탄자 위에 세 명의 여자가 삼각형을 이루어 세 가지 각각 다른 색깔의 옷을 입고 앉아있었던 것이다. 그들은 각각 빨강, 노랑, 녹색의 옷을 입고 있었다. 의자는 금으로 되어 있었고, 양탄자는 온통 꽃밭이었다. 그들의 팔에는 내가 밖에서 구별하며 들었던 세 가지 악기가 놓여있었다. 그들은 내가 들어오자 방해가 되어 연주를 중단했던 것이다.

"어서 오세요!"

가운데 여자가 말했는데, 그녀는 빨간 옷을 입고 하프를 든 채 얼굴을 문 쪽으로 향하고 앉아 있었다.

"당신이 음악을 좋아하시는 분이라면 알레르테 옆에 앉아 들으시지요."

나는 그제야 저쪽 앞에 좀 작고 긴 걸상이 있는 것을 보았는데, 그 위에는 만돌린이 놓여있었다. 그 점잖은 소녀는 만돌린을 집어 들고 앉아서 나를 옆으로 끌어당겼다. 이제 나는 내 오른쪽의 두 번째 여자도 관찰했다. 그녀는 노란색 옷을 입고 있었고, 손에 치터를 들고 있었다. 하프를 연주하는 여자는 용모도 빼어나고, 얼굴도 고상하고, 태도도 정중했는데, 치터를 연주하는 여자는 애교 있고 쾌활한 성격임을 알 수 있었다. 이 여자는 날씬한 금발이었는데, 앞의 여자는 암갈색 머리를 하고 있었다. 나는 이들의 다양하고 조화로운 음악에 관심을 기울이면서도 녹색 옷을 입은 세 번째 여자의 아름다움을 관찰하지 않을 수 없었다. 이 여자의 라우테 연주는 감동적이고 독특한 무언가를 지니고 있었다. 이 여자가 내게 가장 큰 관심을 기울이면서 나를 위해 연주를 해주고 있는 것 같았다. 다만 나는 그녀의 성향을 파악할 수가 없었다. 왜냐하면 그녀가 표정과 연주를 변화시키면, 내게 때로는 사랑스럽게, 때로는 기이하게, 때로는 솔직하게, 때로는 고집 센 듯이 생각되었기 때문이다. 그녀는 때로는 나를 감동시키려는 것처럼, 때로는 나를 놀리려는 것처럼 보였다. 그러나 그녀가 어떤 모습을 보이려 해도 거의 내 마음을 사지는 못했다. 왜냐하면 나와 팔꿈치를 맞대고 내 옆에 앉아있는 나의 작은 여인이 완전히 나를 차지했기 때문이다. 그리고 이 세 여자들이 내가 꿈속에서 보았던 그 요정들이고 사과의 색깔이 옷 색깔과 똑같다 해도 그녀들을 붙잡을 이유는 없다는 것을 알았다. 꿈속에서 그녀가 나에게 일격을 가했던 일이 떠오르지만 않았더라도 나는 그 작은 여인을 붙잡았을 것이다. 그녀는 그때까지 만돌린을 들고 아주 조용히 앉아 있었다. 그녀의 여주인들이 연주를 멈추고 그녀에게 흥겨운 노래 몇 곡을 연주하라고 명했다. 그녀는 춤곡 몇 곡을 열정적으로 연주하더니 높이 뛰어오르며 춤을 추었다. 나도 똑같이 춤을 추었다. 그녀는 연주도 하고 춤도 추었다. 나는 그녀의 스텝을 따라하느라 정신이 없었다. 우리는 일종의 짧은 발레 공연을 했고, 두 여자는 그것에 만족해하는 듯 보였다. 왜냐하면 우리가 끝내자마자 그녀들은 작은 아가씨에게 저녁식사가 차려져올 때까지 뭔가 놀거리로 나를 즐겁게 해주라고 명했기 때문이다. 나는 이 낙원 외에 다른 어떤 세상이 있다는 사실을 완전히 잊고 있었다. 알레르테는 즉시 내가 들어왔던 복도로 다시 나를 데리고 갔다. 그녀는 옆쪽에 잘 꾸며진 방 두 개를 가지고 있었다. 그녀는 자기가 살고 있는 방에서 내게 오렌지, 무화과, 복숭아, 포도를 내놓았다. 나는 낯선 나라의 과일들과 철 이른 과일들을 충분히 먹었다. 사탕도 얼마든지 있었다. 그녀는 수정을 깎아 만든 긴 잔을 거품이 솟아오르는 포도주로 채웠다. 그러나 나는 과일을 실컷 먹어서 포도주를 마실 생각이 없었다.

"이제 우리 놀아요."

그녀는 이렇게 말하더니 나를 다른 방으로 데려갔다. 그곳은 마치 크리스마스 시장 같은 모습이었다. 그러나 이토록 진귀하고 훌륭한 것들은 크리스마스 가게에서는 결코 볼 수 없는 것들이었다. 거기에는 온갖 종류의 인형과 인형 옷, 인형 도구가 있었고, 부엌, 거실, 가게들을 비롯하여 갖가지 장난감들이 수없이 많았다. 그녀는 나를 이곳저곳의 모든 유리 장식장들로 데리고 다녔다. 이들 유리장 속에는 아주 정교한 온갖 장식품들이 보관되어 있었다. 그녀는 처음 몇 개의 장들을 금방 다시 닫고는 말했다.

"제가 잘 아는데 이건 결코 당신이 볼 것이 아니지요. 그러나 이쪽에서는 성벽, 탑, 집, 궁전, 교회, 큰 도시를 세우기 위한 건축 재료들을 볼 수 있어요. 하지만 그런 것들은 제게 흥미가 없어요. 당신과 나 둘 다 재미있는 다른 무언가를 하도록 해요."

이렇게 말한 다음 그녀는 몇 개의 상자를 끌어냈다. 상자 안에는 작은 병정들이 층을 이뤄 차곡차곡 싸여 있었다. 나는 그처럼 멋진 것은 본 적이 없다고 바로 고백할 수밖에 없었다. 그녀는 하나하나씩 더 자세하게 관찰할 시간을 주지 않았다. 그녀가 상자 한 개를 옆구리에 끼었고, 나는 다른 상자를 집어 들었다.

"우리는 황금다리로 가는 거예요. 거기가 병정놀이하기에는 가장 좋은 곳이지요. 병사들을 어떻게 대치시켜야 하는지 창들이 그 방향을 알려 주지요."

우리는 흔들리는 황금다리 위에 도착했다. 내가 무릎을 구부리고 병사들의 전열을 정비하는 동안 아래쪽에서는 물이 흘러가고 물고기들이 퍼덕거리는 소리가 들렸다. 병정들은 모두가 기병들이었다. 그녀는 아마존의 여왕을 자신의 여군 지휘자로 갖고 있는 것을 자랑했다. 이에 대해 나는 아킬레우스와 매우 훌륭한 그리스 기병대를 내세웠다. 양쪽 군이 서로 맞선 모습은 그렇게 멋질 수가 없었다. 그것들은 우리가 흔히 가지고 있는 납작한 납 기병들이 아니라 사람과 말이 아주 통통하고 체격 좋고 무척 정교하게 만들어져 있었다. 그것들은 발판이 없는데도 혼자 서 있었는데 어떻게 균형을 유지하고 있는지 좀처럼 이해할 수 없었다.

우리는 이제 대단한 자기만족을 느끼며 각자의 군대를 바라보았다. 그때 그녀가 나에게 공격을 선언했다. 상자들 속에는 대포도 있었다. 즉 그 상자들은 매끄럽게 잘 다듬어진 작은 마노 알들로 가득 차 있었다. 이 마노 알들로 우리는 서로 일정한 거리를 두고 싸웠다. 하지만 여기서 철저한 제약이 따랐는데, 인형들을 쓰러뜨릴만한 정도 이상으로 세게 던져서는 안 된다는 것이었다. 어떤 인형도 망가지면 안 되기 때문이었다. 서로를 향해 포격이 시작되었고, 처음에는 양쪽 모두를 만족시켰다. 하지만 내가 그녀보다 더 잘 맞히고, 결국 쓰러지지 않고 남아있는 인형의 수로 결정되는 승리를 내가 차지할 것임을 알아차리자 내 상대 여인은 더 가까이 다가와서 부드럽게 던지고도 바라던 뜻을 이루었다. 그녀는 나의 많은 정예부대원들을 쓰러뜨렸고, 내가 저항을 심하게 하면 할수록 더 격렬하게 던졌다. 마침내 나는 화가 나서 나도 똑같은 방법을 쓰겠다고 선언했다. 나는 더 가까이 접근해 갔을 뿐만 아니라 화가 나서 훨씬 더 세차게 던졌다. 그리하여 금방 그녀의 조그만 여군 인형 두어 개가 부서져 버렸다. 그녀는 너무 열중한 나머지 이 일을 곧바로 알아채지 못했다. 하지만 부서진 인형들은 저절로 다시 봉합되어 여군과 말이 다시 하나가 되고, 동시에 완벽하게 살아 움직이게 되어 황금다리에서 보리수나무 아래로 달려가 앉았다가 빠른 속도로 이리저리 뛰어다닌 다음 마침내 감쪽같이 성벽 쪽으로 사라졌다, 그때 나는 화석이 된 것처럼 그대로 서 있을 수밖에 없었다. 나의 아름다운 상대 여인은 이 일을 알아차리자마자 큰 소리로 통곡하면서, 내가 자신에게 회복시킬 수 없는 이루 말할 수 없을 만큼 큰 손실을 입혔다고 외쳤다. 그러나 이미 격분해 있던 나는 그녀를 괴롭히는 것이 좋았다. 나는 아직 남아있던 몇 개의 마노 알을 닥치는 대로 힘껏 그녀의 병정들 속으로 던졌다. 불행히도 나는 이제까지 놀이 규정에 따라 제외시켰던 여왕을 맞혔다. 여왕은 부서져버렸고, 옆에 있던 부관들도 산산조각 났다. 그러나 그것들은 재빨리 다시 원래상태로 복원되었고, 앞서의 것들과 마찬가지로 달아나서 흥겹게 보리수나무 아래를 말을 타고 달리다가 성벽 쪽으로 사라졌다.

나의 상대 여인은 나를 비난하며 욕을 퍼부었다. 그러나 나는 일단 일은 벌어졌기에 몸을 굽히고 금으로 만든 창 옆에 뒹굴던 몇 개의 마노 알을 주워 올렸다. 격분한 나의 소원은 그녀의 전 병력을 몰살시키는 것이었다. 이에 대해서 그녀는 지체 없이 나에게 달려들어 머리가 멍해질 정도로 내 따귀를 때렸다. 여자의 따귀에는 거친 키스가 제격이라는 말을 늘 들어온 나는 그녀의 귀를 붙들고 연거푸 키스를 했다. 그러나 그녀가 너무나도 크게 고함을 질러 나는 깜짝 놀랐다. 나는 그녀를 놓아주었다. 그런데 그것은 다행스런 일이었다. 왜냐하면 그 순간 나는 내게 무슨 일이 일어났는지도 모르고 있었기 때문이다. 발밑에서 땅이 흔들리고 소리를 내기 시작했다. 나는 짐승우리들도 움직이는 것을 재빨리 알아챘다. 그러나 나는 생각할 시간도 없었고, 도망치기 위해 발을 떼어놓을 수도 없었다. 나는 창에 찔릴까 봐 줄곧 두려웠는데, 세워져 있던 양날창과 도끼가 이미 내 옷을 찢어놓았기 때문이다. 어쨌든 나는 내게 무슨 일이 일어났는지 알지 못했고, 들리지도 보이지도 않았다. 솟아오르던 짐승우리가 나를 보리수나무 아래에 내동댕이치는 바람에 나는 깜짝 놀라 마비상태에서 깨어났다. 동시에 나의 분노도 살아났다. 맞은 편 땅에 나보다 가볍게 떨어진 듯 보이는 상대 여인의 조롱 섞인 웃음소리가 건너편에서 들려오자 나의 분노는 더 격해졌다. 그래서 나는 벌떡 일어났고, 솟아오르던 짐승우리가 나와 함께 내동댕이쳐졌던 몇 안 되는 병정들이 지휘관 아킬레우스와 함께 내 주위에 흩어져 있는 것을 보고 먼저 그 지휘관을 집어 나무를 향해 던졌다. 그가 복원되어 도망치는 모습은 나를 전보다 더 유쾌하게 했다. 왜냐하면 나는 세상에서 가장 절묘한 모습을 보고 피해를 입히면서 느끼는 악의적인 기쁨을 맛보았기 때문이다. 내가 모든 그리스 병정들을 그의 뒤를 따르게 하려고 마음먹었을 때 갑자기 쏴쏴하는 물이 사방에서, 돌과 성벽과 땅바닥과 나뭇가지들에서 솟아나왔다. 어느 쪽으로 몸을 돌려도 여기저기서 나에게 물이 쏟아졌다. 내 얇은 옷은 순식간에 완전히 젖어버렸다. 옷이 이미 찢어져 있었기 때문에 나는 지체하지 않고 옷을 모두 벗어버렸다. 신발도 벗어던졌고, 몸에 두른 것은 모두 차례차례 벗었다. 마침내 나는 따뜻한 날 일광욕을 즐길 수 있게 되어 무척 기분이 좋았다. 나는 벌거벗은 몸으로 나를 환영하는 물속을 이리저리 뽐내며 걸어다녔고, 오랫동안 그렇게 지낼 수 있으면 좋겠다는 생각을 했다. 분노는 가라앉았고, 나는 내 작은 상대 여인과 화해하는 것 외에는 바라는 것이 없었다. 그때 돌연 물이 그쳤고, 나는 축축한 몸으로 물에 젖은 땅위에 서 있었다. 느닷없는 노인의 출현은 내게는 결코 환영할만한 일이 아니었다. 나는 몸을 숨기지는 못할망정 최소한 가릴 수만 있어도 좋겠다고 생각했다. 부끄러움과 추위와 몸을 조금이라도 가리려는 노력이 나로 하여금 지극히 가련한 모습을 하게 했다. 노인은 이 순간을 이용해 나를 크게 꾸짖으며 외쳤다.

"내가 녹색 끈 하나를 잡고 그걸로 그대의 목은 몰라도 등을 내려치는 것은 어렵지 않은 일이네!"

나는 이 위협이 몹시 불쾌했다. 그래서 이렇게 소리쳤다.

"그런 말은 물론 그런 생각조차도 삼가시오. 그렇지 않으면 당신과 당신의 여주인들을 없애버릴 테니!"

"당신이 어떤 자이기에 그런 말을 내뱉는가?"

노인은 대담하게 물었다. 나는 말했다.

"신이 아끼는 사람이오. 저 여자들이 훌륭한 남편을 만나 행복한 삶을 살아가느냐, 아니면 마법의 수도원에서 근심으로 야위어 늙어죽느냐 하는 것은 오로지 내 손에 달려 있소."

노인은 몇 발짝 뒤로 물러났다. 노인은 놀라면서 걱정스러운 듯 물었다.

"누가 당신에게 그런 것을 알려주었소?"

"세 개의 사과, 세 개의 보석이오."

"어떤 대가를 원하오?"

"무엇보다도 나를 이런 저주스런 상태로 몰아넣은 저 작은 사람을 원하오."

노인은 땅이 아직 물에 젖어 축축하고 진흙투성이인데도 아랑곳하지 않고 내 앞에 주저앉아 무릎을 꿇었다. 그러더니 그는 전혀 젖지 않은 상태로 일어나서 친절하게 내 손을 잡고 나를 앞서의 그 홀로 데리고 들어가 재빨리 옷을 입혔다. 나는 곧 다시 몸을 씻고 머리를 단장하여 전과 같이 말쑥한 모습이 되었다. 문지기는 더 이상 아무 말도 하지 않았다. 그러나 그는 내가 문턱을 넘어 나가기 전에 나를 붙들고는 길 건너 성벽 옆에 있는 몇 가지 것들을 가리켰다. 동시에 뒤쪽 작은 문도 가리켰다. 나는 그의 뜻을 알아차렸다. 그는 내 뒤에서 아무도 모르게 닫힌 그 작은 문을 나중에 더 확실하게 다시 찾을 수 있도록 하기 위해 주변의 것들을 머릿속에 기억시키고자 했던 것이다. 나는 내 앞에 서 있는 것들을 잘 기억해 두었다. 높은 성벽 위로 늙은 호두나무 가지가 뻗쳐 있었고, 그 일부가 성벽이 끝나는 곳의 돌림띠를 덮고 있었다. 나뭇가지들은 돌로 만든 한 벽판까지 뻗어 있었는데, 나는 그것을 장식한 테두리는 잘 알아볼 수 있었지만 그 안의 글씨를 읽을 수는 없었다. 이 벽판은 한 벽감의 석대 위에 서 있었고, 벽감 안에는 인공적으로 만든 분수가 있어 물이 이 수반 저 수반을 거쳐 큰 수조 안으로 흘러내렸다. 마치 작은 호수를 이룬 듯한 수조 안의 물은 땅으로 흘러들어 사라졌다. 분수, 글씨판, 호두나무가 모두 차례로 위를 향해 수직을 이루고 서 있었다. 나는 이것들을 본 대로 그려두고 싶었다.

내가 그날 저녁과 그 다음 며칠 동안을 어떻게 보냈는지, 또한 나 자신도 거의 믿을 수 없었던 이 이야기를 얼마나 자주 되풀이했는지는 쉽게 짐작할 수 있을 것이다. 나는 기회가 닿기만 하면 다시 그 '불길한 성'으로 가서 최소한 기억 속에 있는 특징들을 새롭게 일깨우며 그 훌륭한 작은 문을 바라보곤 했다. 그러나 놀랍게도 모든 것은 변해 있었다. 호두나무들은 성벽 위로 뻗어 있었지만 서로 나란히 서 있지는 않았다. 벽판도 벽에 붙어있기는 했지만 나무에서 훨씬 오른쪽에 있었고, 장식도 없었으며, 글씨는 읽을 수 있게 쓰여 있었다. 분수가 있는 벽감은 훨씬 왼쪽에 있었고, 내가 보았던 것과는 전혀 비교할 수 없는 다른 것이었다. 그래서 나는 이 두 번째 모험도 첫 번째 모험처럼 거의 꿈이라고 믿을 수밖에 없었다. 왜냐하면 작은 문은 전혀 흔적조차 찾을 수 없었기 때문이다. 다만 나에게 유일한 위안이 된 것은 그 세 가지가 계속 위치를 바꾸고 있는 듯이 보였다는 점이다. 즉 내가 그것들을 찾아갈 때마다 호두나무들이 서로 약간 더 가깝게 붙은 것처럼 보였고, 벽판과 분수도 마찬가지로 가까워진 것처럼 보였던 것이다. 아마도 이 모든 것이 다시 합쳐지게 되면 문들도 다시 보이게 될지 모르고, 그러면 나는 다시 모험을 하기 위해 가능한 모든 준비를 할 것이다. 내가 너희들에게 앞으로 계속 겪게 될 일을 이야기해 줄 수 있을지, 아니면 그것이 철저히 금지될지에 대해서는 나도 뭐라고 말할 수 없다.

〈부록1〉

괴테의 『동화』 고찰

Ⅰ. 머리말

괴테의 『동화 Märchen』는 틀 구조로 된 연작노벨레라 할 수 있는 『독일 피난민들의 대화 Unterhaltungen deutscher Ausgewanderten』의 마지막 부분을 이루고 있는데, 1795년 실러가 발간한 잡지 〈호렌 Die Horen〉에 처음 발표되었다. 이 동화 속 환상의 세계는 발표 당시는 물론 그 이후 시대의 독자들에게도 다분히 하나의 수수께끼가 되어왔다. 괴테 스스로도 자신의 이 환상의 창작물에 대해 완전히 입을 다물어왔다. 그는 1796년 5월 27일 훔볼트에게 보낸 편지에서 이 작품이 우의적이 아니라 상징적으로 쓰였다고만 밝혔을 뿐 그 상징성 자체에 대해서는 말하지 않았다. 괴테는 작품 속에서도 이야기를 들려주는 노인의 입을 통해 "오늘 저녁 나는 여러분에게 동화를 들려주겠는데, 여러분은 이 동화를 통해 아무것도 기억해내지 못하거나 모든 것을 기억해내게 될 겁니다"라며 복잡하게 얽힌 관계 속의 깊은 상징성을 암시하고 있을 뿐이다.

이 작품에서는 뱃사공, 녹색 뱀, 도깨비불, 거인, 노인, 왕, 젊은이, 백합, 매 등 독특한 성격의 등장인물들이 뒤얽혀 강, 바위 계곡, 지하 동굴 등 다양한 공간을 넘나들며 무한한 환상과 비유의 세계를 펼치고 있다. 환상과 현실 사이를 넘나들며 이어지는 사건들은 분명 서로 연결되어 작가가 의도한 무엇인가를 나타내려 하는 듯 여겨지지만 그것이 무엇인지를 구체적이고 분명하게 끌어내는 것은 쉽지 않은 일로 보인다. 그러기에 오늘날까지 많은 연구자들이 이 작품을 순수하게 텍스트내재적으로 분석하기도 하고, 종교적이나 정치적으로 다양하게 해석해오기도 했다. 그러나 다양한 해석들에도 불구하고 한 가지 분명한 점은 이 작품이 대립적 분열의 극복을 통한 합일과 조화의 구현이라는 괴테의 고전주의적 이념을 충실히 담아내고 있다는 것이다.

따라서 본 논문에서는 지금까지 이루어져온 특정 성향에 치우친 해석들에서 벗어나 이 작품이 조화와 균형을 통한 이상적 세계의 구현을 주제로 하고 있음을 전제로 좀 더 소박하며 순수문학적인 관점에서의 해석을 시도해보고자 한다. 우선 작품이 이루어지게 된 역사적 배경을 살핀 후 작품 속에 펼쳐지는 대립적 세계상을 비교고찰해 보기로 한다. 그런 다음 이 양극적인 대립과 분열의 세계가 어떤 과정을 거쳐 이상적 조화의 세계라는 궁극적 목표점에 도달하는지를 짚어보기로 한다. 이 과정에서 이따금 등장인물과 공간이 나타내는 상징성도 찾아보기로 한다.

Ⅱ. 성립배경

괴테의 『동화』는 1789년 6월 14일 프랑스혁명의 도화선이 된 바스티유 감옥 습격사태가 벌어지고 나서 6년 후인 1795년에 『독일 피난민들의 대화』의 결말부로 완성되었다. 『독일 피난민들의 대화』가 출간된 1795년에 공포정치의 상징인 자코뱅당의 지배는 이미 끝나 있었다. 로베스피에르의 공포통치에 이어 1794년 6월 27일에 온건 공화주의자들의 집정내각이 통치권을 이어받아 프랑스의 확장을 내건 수많은 정복전쟁이 시작되었다.

괴테는 독일의 어떤 작가보다 혁명에 깊이 관여했는데, 필연적으로 따르는 온갖 비판에도 불구하고 1792년 6월에는 카알 아우구스트 후작과 함께 프랑스 혁명군에 맞서 직접 전쟁에 참여하기까지 한다. 그 후 괴테는 참전경험을 바탕으로 『프랑스 원정기 Campagne in Frankreich』(1792)에서 슈파이어와 보름스와 마인츠의 피난민들을 그린 작품을 썼다. 괴테는 피난민을 소재로 한 이 최초의 '난민문학 Emigrantenliteratur'에 이어 1793년에는 드라마 『시민장군 Der Bürgergeneral』과 『흥분한 사람들 Die Aufgeregten』에서, 1797년에는 장편서사시 형식의 『헤르만과 도로테아 Hermann und Dorothea』에서 같은 주제를 다루었다.

괴테는 프랑스혁명에 의해 초래된 사회적 고난에 대해 잘 알고 있었지만 아래로부터의 모든 정치적 변화에 대해 회의적인 입장에 서있었다. 그의 보수개혁적 태도는 자신이 신뢰

하는 긍정적 결과들이 아직 나타나지 않았기 때문에 무엇보다도 혁명과 반혁명이 초래하는 폭력행위들에 대해 비판적이었다. 정치적 변화는 위로부터만 이루어질 수 있다고 여겼던 괴테는 무엇보다도 프랑스혁명에 대한 독일의 동정주의자들을 이해할 수 없었다.

이럴 즈음 이미 괴테와의 친분관계가 두터워져 있던 실러는 1795년 초 잡지 〈호렌〉을 발간할 계획을 세우고 괴테에게 협조를 요청하며, 괴테는 이를 기꺼이 받아들인다. 괴테는 편집상의 조언자로, 작가들과 원고들의 알선자로, 그리고 무엇보다도 서간문, 비가, 산문 등의 기고자로서 실러에 이어 제2인자 역할을 했다. 괴테는 "그밖에도 우리는 이 새로운 잡지의 모든 내용에 대해 함께 심사숙고하고 논의했다"고 밝히고 있다. 괴테는 또 이 잡지가 아니었다면 자신의 문학적 삶은 완전히 달라졌을 것이라고 이렇게 밝히고 있다.

> 그(실러)에게 〈호렌〉에 실을 원고가 부족하지만 않았다면 나는 피난민들의 대화를 쓰지 않았을 것이며 (…) 보편적이든 특별하든 어떤 경우든 간에 많은 것이 달라졌을 것이다.

실러는 처음에는 이 잡지에 자신과 훔볼트의 철학적 논문들을 실었으나 곧 폭넓은 독자층을 대상으로 하는 이 잡지의 성격에 맞는 좀 더 가벼운 내용의 오락적 글들의 필요성에 따라 괴테에게 청탁을 한다. 괴테는 짧은 소설을 써주기로 약속한 후 곧 여러 개의 이야기가 나열된 된 일종의 틀소설을 쓰게 되는데, 이 작품이 바로『독일 피난민들의 대화』이다.

『독일 피난민들의 대화』는 프랑스혁명군의 공격을 피해 라인강을 건너 동쪽으로 달아나는 한 귀족집단이 나누는 대화로 구성되어 있으며, 서두에서 프랑스혁명이 구체적으로 언급된다. 따라서 이 작품의 독립적인 결말부를 이루고 있는『동화』또한 프랑스혁명과 무자비한 폭력적 지배를 바탕으로 하고 있음이 분명해진다. 괴테는 혁명과 반혁명의 소용돌이를 직접 체험하고 정복욕과 패권주의로 인한 분열과 갈등을 겪으면서 이를 극복하여 이룰 이상적 세계상을『동화』속에서 찾고 있었던 것으로 보인다.

괴테는 이 작품의 창작에서 감각적 세계와 이성적 세계의 조화에 관한 실러의 이념에 영향을 받았다. 실러는『인간의 미학적 교육에 관한 편지』에서 "모든 개별 인간은 소질과 직분에 따라 순수하고 이상적인 인간성을 본래부터 지니고 있으며, 자신의 온갖 변화 속에서도 인간성의 변함없는 일관성과 합일을 이루는 것이 존재의 커다란 과제이다."라고 밝혔다. 실러는 일상적 현실의 인간으로부터 이상적 인간으로 넘어가는 가교를 구축하고자 한다. 그에 의하면 인간의 본성 속에는 감각적 충동과 이성적 충동이라는 두 가지 충동이 존재하는데, 그것이 한 쪽으로만 발전하게 될 경우 이상적 완전성을 저해한다. 감각적 충동이 우세하면 인간은 자신의 본능과 격정에 예속되어 정신적 본능을 제압하고, 반대의 경우에는 정신적 본능이 감각적 본능을 제압한다. 감각적 본능도 정신적 본능도 본질적으로 감각과 정신 사이에서 깊이 묻혀있는 인간에게 완전한 자유를 주지는 못한다. 자유는 오로지 두 가지 충동의 조화를 통해서만 실현될 수 있다. 자신의 감각 속에서 이성의 정신을, 이성 속에서 격정의 근본적 힘을 드러내는 사람은 자유로운 인성을 지닐 수 있다는 것이다.

실러는 자유로운 인성이 펼쳐진 바탕 위에 인간사회의 조화로운 공동적 삶을 세우고자 했다. 진정으로 인간다운 존재에 대한 물음은 인간의 공동적 삶의 형성에 대한 물음과 연결

되었고, 이것은 당시 프랑스혁명을 통해 사람들에게 제기된 물음에 대한 답변이었다.

괴테는 실러의 생각에 의해 크게 고무되었다. 그는 1794년 10월 26일 미학적 편지들에 관하여 실러에게 이렇게 편지를 쓴다.

> 내게 건네준 원고를 곧장 무척 만족하며 읽었네. 나는 그것을 단숨에 훑어 내려갔다네. 마치 귀한, 우리의 본성과 유사한 한 모금의 음료가 술술 흘러내려가 혀에서는 이미 신경계의 상쾌한 느낌에 의해 유익한 효력을 나타내듯 나에게 이 편지들은 아늑하고 기분 좋았다네. 내가 오래 전부터 옳다고 여겨왔던 것, 일부는 살아왔고 일부는 살아가려고 원해왔던 것을 그토록 잘 연결 지어 고상한 방식으로 제시해 놓은 걸 보다니 달리 어찌할 바를 모르겠구려.

괴테는 진정으로 인간다운 존재를 인식하기 위해 직접 살아가고자 원했던 것을 실러의 편지들 속에서 분명하게 찾았다. 그리하여 괴테의 마음속에서는 생각들이 불러일으켜졌고, 괴테는 그 생각들을 실러의 이념을 바탕으로 자신의 방식에 따라 수수께끼적인『동화』로 형상화했음을 알 수 있다.

Ⅲ. 대립적 세계

1. 인물들의 법칙성과 희망 모티브

전체적으로 볼 때 등장인물들의 법칙성이 희망 모티브들과 대립을 이루고 있다. 작품에 등장하는 모든 인간, 동물, 유령, 무생물 사이에는 경계가 없으며, 모든 것이 서로를 넘나들고 있다. 하지만 이러한 세계는 확고한 법칙을 지니고 있다. 예컨대 강의 법칙은 금을 받아들이지 않는 것이다. 이는 뱃사공의 말에서 확인된다.

> 금화 한 닢이 물속으로 떨어지기라도 한다면 이 쇳조각을 견뎌내지 못하는 강이 무시무시한 풍랑을 일으켜 배와 나를 집어삼켜버릴 것이네.

뱀의 말에서는 모든 것을 한쪽 방향으로만 건네주는 뱃사공의 법칙이 드러난다.

당신들은 헛수고만 하게 될 겁니다. 당신들이 그를 이쪽 편 강가에서 만난다 해도 그는 당신들을 받아주지 않을 것이기 때문입니다. 그는 누구든지 저쪽에서 이쪽으로 건네줄 수는 있어도 아무도 이쪽에서 저쪽으로 건네주지는 못합니다.

뱀은 그림자로만 위력을 발휘하는 거인의 법칙도 알려준다.

여기서 멀지 않은 곳에 살고 있는 그 거대한 거인은 몸으로는 아무 것도 하지 못합니다. 그의 손은 지푸라기 하나도 집어 올리지 못하고, 어깨는 볏단 하나 옮기지 못합니다. 하지만 그의 그림자는 많은 것을, 아니 모든 것을 할 수 있습니다. 그는 따라서 해가 뜨고 질 때 가장 힘이 강해집니다. 그러므로 저녁에 그의 그림자의 목 부분에 앉아있기만 하면 됩니다. 그러면 거인은 천천히 강가 쪽으로 걸어가고 그림자가 여행자를 강 건너로 옮겨줍니다.

램프의 법칙은 주변에 다른 빛이 없이 홀로 빛날 때 모든 것을 변화시키거나 없애버리는 것이다.

> 노인이 지나간 모든 통로들은 그의 뒤에서 즉시 금으로 채워졌다. 왜냐하면 그의 램프는 돌을 모두 금으로, 나무를 모두 은으로, 죽은 동물들을 보석으로 변화시키고, 모든 금속들을 없애버리는 놀라운 속성을 지녔기 때문이다.

노인의 말로 밝혀지는 백합의 법칙은 모든 것을 어루만져 죽이기도 하고 살아나게도 하는 것이다.

> 정오 무렵 뱀을 통해 강을 건너서 아름다운 백합을 찾아가 그녀에게 그 마노를 가져다주오. 그녀는 살아있는 모든 것을 어루만짐으로써 죽이는 것처럼 마노를 어루만짐으로써 살아나게 할 거요.

이 많은 법칙들은 엄격하게 실행되고 억압적이므로 결과적으로 주변인들에게 좌절과 고통을 안겨준다. 대표적인 예로 백합의 손이 닿음으로써 왕자이자 백합의 연인인 젊은이가 의식을 잃고 죽음에 이르는 사건을 들 수 있다.

> 불행한 일은 벌어지고 말았다! 어여쁜 백합은 꼼짝하지 않고 서서 의식을 잃은 시체를 꼿꼿이 바라보았다. 그녀의 가슴에서는 심장이 멎는 듯했고, 눈에서는 눈물조차 말랐다.

그러나 등장인물들의 이런 경직된 법칙들과는 반대로 희망을 핵심으로 한 부드러운 모티브들도 작품 전반을 통해 나타나고 있다. 세 번 말해지는 "때가 되었다", "구원이 가까이에 와 있다", "행복의 징조로서의 불행", "희망을 불러일으킬 징후", "예언은 이루어졌다" 등이 그것이다. 이런 희망 모티브들은 인물들을 절망과 고통을 넘어서도록 자극하며, 종국에는 가장 깊은 불행의 나락으로부터 가장 높은 행복의 절정에까지 이르는 커다란 변화를 이루는 데 기여한다. 그리하여 갈라졌던 것이 하나가 되고, 딱딱하게 굳었던 것이 풀리며, 온갖 힘들이 조화롭게 하나로 뭉친 곳에서 새로운 삶이 형성되는 것이다.

2. 강으로 나뉜 양쪽 땅

강에 의해 갈라진 양쪽의 땅은 서로 다른 세계를 상징한다. 뱃사공 노인이 도깨비불들을 배로 건너 준 강 건너 땅에는 녹색 뱀이 살고 있는 바위계곡이 있고, 그곳의 지하에는 네 명의 왕이 있는 성전이 있다. 또 램프를 든 노인과 그의 아내가 살고 있는 오두막집이 있다. 이곳에는 거인도 살고 있고, 왕자인 젊은이도 있다. 이곳은 현실적 삶이 어우러져 있는 육신의 세계이자 감각의 세계이다.

반면 뱃사공 노인이 살고 있으며 아름다운 백합의 정원이 있는 반대편 땅은 정신의 세계이자 초감각의 세계이다. 백합은 고상한 정신의 세계를 상징하듯 이렇게 묘사되고 있다.

> 그녀는 막 하프에 맞춰 노래를 부르고 있었기 때문에 쉽게 찾을 수 있었다. 은은한 노랫소리는 먼저 잔잔한 호수의 표면에 둥근 물결이 되어 나타나더니 곧 부드러운 입김과도 같이 잔디와 초목을 살랑이게 했다. 그녀는 다양한 종류의 멋진 나무들이 그림자를 드리운, 둘레가 막힌 초원광장에 앉아있었고, 노파가 처음

바라보자마자 눈과 귀와 심장을 새로이 매혹시켰다.

작품은 강을 사이에 두고 갈라져 있는 이쪽과 저쪽 두 대립적 세계를 토대로 두 세계가 하나로 연결되기까지의 긴장관계를 서술하고 있다. 여기서 "방금 폭우로 물이 불어나 범람한" (S. 209) 커다란 강은 감각적인 세계와 초감각적인 세계를 갈라놓는 장애와 곤경과 분열의 상징이 되고 있으며, 이것은 뱀이 스스로를 희생함으로써 세워지는 다리에 의해 극복된다.

앞서 살펴본 작품성립의 역사적 배경을 고려할 경우 강은 라인강을 나타내면서 프랑스와 독일을 적대적으로 갈라놓은 프랑스혁명과 그 결과를 상징한다. 이 경우 이쪽 땅은 서쪽인 프랑스, 저쪽 땅은 동쪽인 독일을 가리킨다고 볼 수도 있다.

3. 젊은이와 백합

강 건너의 백합을 찾아 나선 혈기왕성한 젊은이와 순수하고 아름다운 백합은 핵심적인 대립적 인물이다. 젊은이와 백합은 현실과 이상, 자연과 정신, 감정과 이성으로 대비시킬 수 있다. 넓게 보아 젊은이는 감각적 현실세계를, 백합은 초감각적 이상세계를 대표하고 있다.

백합을 찾아 나선 젊은이는 때마침 강 건너의 백합에게 가던 노파를 만나 동행하게 되고, 노파와의 대화를 통해 점차 그 실체가 드러나게 된다. 젊은이는 현실세계의 풍상을 겪은 우수에 찬 모습으로 처음 등장한다.

> 그의 가슴은 번쩍이는 갑옷으로 덮여있었고, 이 갑옷을 통해 멋진 몸의 온갖 부분들이 실룩거렸다. 그의 어깨 둘레에는 자포가 걸쳐있었고, 모자를 쓰지 않은 머리 둘레로는 아름다운 곱슬머리 상태의 갈색 머리칼이 물결치고 있었다. 그의 귀여운 얼굴은 예쁘게 생긴 두 발과 마찬가지로 햇볕에 노출되어 있었다. 그는 맨발로 편안하게 뜨거운 모래 위를 걸어갔는데, 어떤 깊은 고통이 겉으로 보이는 모든 인상들을 무디게 하는 듯했다.

여기서 젊은이가 평범한 속인이 아니라 지체 높은 귀족이나 왕가 출신이리라는 짐작을 할 수 있다. 젊은이가 힘과 명예와 권력을 모두 잃고 비참한 나락에 빠지게 된 것은 살아있는 것을 어루만져 마비시키고 죽은 것을 살아나게 하는 신비로운 힘을 지닌 백합 때문이다. 그는 노파의 바구니 안에 있는 마노로 변한 강아지를 보면서 노파에게 자신이 불행하게 된 이유를 털어놓는다.

행복한 동물이로구나! 너는 살아있는 것들이 슬픈 운명을 당하지 않도록 그녀 앞에서 달아나는 것과는 달리 그녀의 손으로 어루만져지게 될 것이고, 그녀에 의해 살아나게 되겠지. 하지만 나는 그저 슬프다고만 말하는 것으로는 부족하지! 그녀가 앞에 있음으로써 마비되어버리는 것이 그녀의 손에 의해 죽음을 당하는 것보다 훨씬 더 서글프고 불안한 일이 아닐까? 나를 좀 보시오. 내가 살아가는 동안 얼마나 불행한 상황을 견뎌내야 하는지를. 내가 전쟁터에서 명예롭게 입었던 이 갑옷과 지혜로운 통치를 통해 힘겹게 얻었던 이 자포가 각각 불필요한 짐과 쓸데없는 장식물로서 나에게 참혹한 운명을 내려주었지요. 왕관과 왕홀과 칼은 사라졌소. 그밖에도 나는 다른 모든 속인들처럼 헐벗고 굶주리고 있소. 이 모든 것이 그녀의 아름다운 푸른 눈이 불행하게 작용하여 모든 살아있는 것들에게서 힘을 빼앗고, 그녀가 손으로 만져 죽일 수 없는 것들은 살아 움직이는 그림자의 상태로 느끼며 살아가도록 했기 때문이라오.

젊은이와 노파는 정오마다 뱀이 자신의 몸을 변화시켜 만드는 다리를 건너 강을 건넌다. 두 사람이 강을 건너자 뱀은 제 모습을 되찾아 그들과 동행한다. 백합의 정원에 도착한 노파가 멀리서부터 외치는 인사와 칭찬의 말은 척박한 현실세계의 젊은이와는 대조되는 예술적이며 이상적인 백합의 세계를 드러내고 있다.

당신을 보게 되다니 이 얼마나 큰 행운이며, 당신의 존재는 주변에 천국과도 같은 세상을 펼치고 있구려! 하프는 당신의 무릎에 그토록 매혹적으로 기대어 있고, 당신의 두 팔은 그것을 그토록 부드럽게 감싸고 있으며, 그것은 당신의 가슴을 그리워하는 듯하고, 당신의 가는 손가락들이 닿으면서 그토록 사랑스런 음을 울리는구려! 당신의 자리를 차지할 수 있는 젊은이야말로 더없이 복도 많겠구려!

그러나 백합은 자신이 아끼는 카나리아가 매를 피해 가슴으로 날아들어 자신과 접촉함으로써 죽음을 맞게 된 것을 슬퍼하고 있었다. 노파는 백합의 눈물을 닦아주면서 남편이 말한 대로 "때가 되었기 때문에" 슬픔을 누그러뜨리고 가장 큰 불행을 가장 큰 행복의 전조로 보아야 한다고 말한다. 노파는 또 자신은 뱃사공에게 빚진 야채들로 인해 손이 검게 변하고 점점 작아져 곧 사라지게 될지도 모른다며 그런 자신의 불행에 비하면 그녀의 슬픔은 아무 것도 아니라는 듯 백합을 위로한다. 노파는 가져온 마노를 백합에게 건네주면서 손으로 어루만져 다시 살아나게 하여 귀엽고 충실한 반려동물로 삼으라고 말한다. 이 모든 것이 백합에게는 놀랄 만큼 좋은 징조이지만 그녀의 상심을 크게 덜어주지는 못한다. 실의에 빠진 백합의 상태는 하프를 연주하며 부르는 노래에서 드러난다.

> 내게 어느 정도 희망을 불러일으키는 많은 징조들이 한꺼번에 일어나는군요. 아! 그런데 우리가 많은 불행이 한꺼번에 닥칠 경우 가장 길한 것이 가까이에 와 있다고 상상하는 것은 우리들 천성의 망상에 불과한 게 아닐까요?

나를 도울 많은 좋은 징조들이 내게 무슨 소용이 있으랴.
새의 죽음, 친구 여인의 검은 손은 뭔가?
보석 강아지는 자기 모습을 지니고 있을까?
또한 그것은 램프가 내게 보낸 게 아닐까?
달콤한 인간세계의 즐거움에서 벗어나
나는 슬픔에 젖어있을 뿐이네.
아! 어찌하여 사원은 강가에 서있지 않은지!
아! 다리는 어찌하여 세워지지 않는지!"

여기서 백합에게 사원과 다리가 중요한 가치를 지니고 있음이 암시되고 있다. 강 건너 쪽 지하에 있는 사원에서는 왕들이 주조되어 있으며, 강에는 아직 다리가 놓이지 않았다. 따라서 지하의 사원이 땅 위로 솟아오르고 강에 다리가 세워진다면 백합의 세계와 강 건너의 세계는 쉽게 연결될 수 있으리라는, 그리하여 백합이 소망하는 궁극적인 목표가 이루어지리라는 추측을 가능케 한다. 이상적이며 초감각적인 세계를 상징하는 백합은 현실적이며 감각적인 세계인 강 건너 지하사원을 동경하고 있다고 볼 수 있다. 반대로 젊은이가 백합을 찾아 나선 것은 현실적이며 감각적인 세계의 이상적이며 초감각적인 세계에 대한 동경이라고 볼 수 있다. 슈타이너는 이와 관련하여 오직 감각적 인식에서만 나오는 생각들로부터 해방되어 순수한 정신적 관조 속에서 초감각적 세계를 붙잡고자 하는 괴테의 노력이 이런 구조를 가능케 했다고 말한다.

백합은 노파에게 죽은 카나리아를 부패하기 전에 남편에게 가져가 그의 램프에 의해 아름다운 황옥으로 변화시키도록 부탁한다. 그녀는 그러면 그 황옥을 다시 어루만져 살려내 노파가 가져온 강아지와 함께 가장 좋은 친구로 삼을 것이라고 말한다. 백합은 마노를 만져 즉시 활기찬 강아지로 변화시켜 그것과 장난을 치며 슬픔을 잊고 즐거운 시간을 보낸다. 이때 그 멋진 젊은이가 나타나 백합의 흥을 깨뜨리고 분노를 일으킨다. 젊은이의 손에는 백합의 카나리아를 죽게 한 그 매가 조용히 앉아있었던 것이다. 백합은 그에게 소리친다.

> 당신이 그 저주스런 동물을, 오늘 내 작은 가수를 죽인 그 끔찍스런 것을 내 눈앞에 가져오다니 무례하군요.

젊은이는 이에 대해 이렇게 대답한다.

> 불행한 새를 나무라지 마시오! 그보다는 오히려 당신 자신과 운명을 책망하고, 내가 내 불행의 동반자와 어울리는 것을 허용해 주시오.

그러는 동안 강아지는 쉬지 않고 백합을 핥고, 그녀는 그것을 지극히 다정한 몸짓으로 대한다. 그녀는 강아지를 겁주기 위해 손뼉을 쳤다가 다시 자기에게 다가오게 하려고 달음질치고, 그것이 달아나면 붙잡으려 하고, 자기에게 달려들려고 하면 쫓아버린다. 젊은이는 말없이 점점 더한 불쾌감을 느끼며 바라보다가 그녀가 강아지를 팔로 안아 자신의 하얀 가슴에 끌어당겨 입술로 입맞춤 하자 마침내 인내심을 잃는다. 그는 온통 절망에 차 외친다.

> 슬픈 운명에 의해 어쩌면 영원히 헤어진 상태로 당신 앞에서 살아야 하는 내가, 또한 당신에 의해 모든 것을, 나 자신까지도 잃어버린 내가 자연법칙에 어긋나는 저 기형물이 당신을 기쁨으

로 이끌고, 당신의 호감을 독차지하고, 당신의 포옹을 즐기는 걸 두 눈으로 바라보아야 한단 말인가! 나는 아직도 더 오랫동안 이리저리 방랑하고, 강을 건너오고 건너가는 슬픈 순환의 여정을 계속해야 한단 말이오? 아니오. 내 가슴속에는 아직 옛 영웅적 용맹의 불꽃이 남아 있소. 그것이 지금 이 순간 최후의 불길로 타오르고 있소! 당신의 가슴에 돌들이 머물 수 있다면 나는 기꺼이 돌이 되겠소. 당신이 어루만져 죽인다면 나는 당신의 손에 죽을 것이오.

젊은이에게서는 백합을 향한 질투와 원망, 그리고 그것을 뛰어넘는 사랑이 격정적으로 표출되고 있다. 여기에서 다시 감각적 세계와 초감각적 세계가 대비되어 나타난다. 젊은이의 폭발적 감정상태는 신비로운 힘으로 되살려낸 귀여운 강아지와의 놀이에 빠져 기뻐하고 있는 백합의 순진무구의 감정상태와는 크게 대비된다.

젊은이는 격정에 사로잡혀 격렬하게 몸을 움직인다. 그러자 매가 그의 손에서 달아나 백합에게로 날아들고, 그녀는 그것을 떨쳐내려고 두 손을 뻗침으로써 젊은이를 만지게 된다. 젊은이는 의식을 잃고 땅바닥에 쓰러진다. 꼼짝하지 않고 서서 의식을 잃은 시체를 바라보는 백합은 심장이 멎는 듯하고, 눈에서는 눈물조차 말라버린다. 곧 백합의 시녀들이 상아로 된 야외의자를 가져와 백합을 앉히고, 붉은 면사포로 그녀의 머리를 씌워 주고, 하프를 가져다준다. 백합이 하프를 끌어당겨 몇 개의 매혹적인 음을 울리자 시녀가 둥근 거울을 가지고 뒤로 물러나 백합을 마주 보고 서서 그녀의 시선을 끌어 모아 그녀에게 세상에서 가장 우아한 모습을 표현해 준다. 백합이 차분하게 거울을 바라보면서 곧 악기로 감미로운 음을 내자 그녀의 고통은 더 고조되는 듯하고, 악기는 그녀의 슬픔에 격렬하게 답한다. 그녀는 몇 번 입을 열어 노래를 부르려고 하지만 목소리가 나오지 않고, 곧장 고통은 눈물이 되어 녹아내린다.

이제 점차 백합의 실체가 드러난다. 백합은 그 동안 줄곧 "어여쁜 백합schöne Lilie"으로 표현되어왔다. 그러나 불꽃을 거의 다 소모하여 깡말라버린 도깨비불들이 백합을 대하는 태도를 나타내는 부분에서 백합은 처음으로 "공주die Prinzessin" 로 표현된다. 여기서 이미 처음 등장하면서 평범한 속인이 아님을 드러낸 바 있으며, 백합에게 격정적 사랑을 토로한 바 있는 젊은이와 백합 사이의 대등한 신분관계가 인지되면서 두 사람의 극적인 결합가능성에 대한 기대와 긴장이 불러일으켜진다.

백합, 도깨비불들, 램프를 든 노인과 노파 등 모든 사람들은 죽은 젊은이의 시체와 카나리아가 든 바구니를 들고 뱀이 자신의 몸으로 만들어준 다리를 통해 지하성전이 있는 맞은편으로 건너간다. 여기에서 백합은 램프를 든 노인의 말에 따라 바구니 속의 죽은 젊은이와 카나리아를 만져 살아나게 한다.

> 젊은이는 서있었고, 카나리아는 그의 어깨 위에서 날개를 푸덕였다. 둘은 다시 살아났지만 정신은 아직 돌아오지 않았다. 그 멋진 친구는 눈을 뜨고는 있었으나 보지는 않았으며, 적어도 모든 것을 아무 관심 없이 바라보는 것 같았다.

이제 지하궁전은 뱃사공의 오두막집을 품에 안고 솟아올라 안에 또 하나의 작은 궁전을 지닌 웅장한 궁전으로 우뚝 서게 된다. 램프를 든 노인은 큰 소리로 "땅 위에서 지배하는 세 가지 것은 지혜, 빛, 힘이로다!"라고 외친다. 그가 첫 번째 것을 말하자 금으로 된 왕이 일어나고, 두 번째 것을 말하자 은으로 된 왕이, 세 번째 것을 말하자 청동으로 된 왕이 천천히 몸을 일으켜 세운다. 반면 혼합되어 만들어진 왕은 갑자기 서툴게 주저앉는다. 여기서 금으로 된 왕은 지혜와 인식을, 은으로 된 왕은 빛과 감각을, 청동으로 된 왕은 힘과 의지를 상징하고 있다. 혼합되어진 왕은 세 가지 인성이 뒤섞여 인간적 구실을 제대로 하지 못하는 불구상태로 볼 수 있다.

젊은이는 각각의 왕들에게서 칼과 왕홀과 왕관을 받아 착용함으로써 왕으로서의 제 모습을 갖춘다.

> 허리에 칼을 둘러맨 다음에는 그의 가슴이 솟아올랐고, 양팔이 활발히 움직였으며, 두 발은 더 힘차게 걸었다. 그가 왕홀을 손에 쥐면서 힘은 누그러지고 이루 말할 수 없는 매력이 더 강해졌다. 떡갈나무관이 그의 곱슬머리를 장식하자 그의 얼굴모습은 활기를 띠었고, 눈은 이루 말할 수 없는 정신으로 반짝였으며, 그의 입에서 나온 첫 마디 말은 '백합'이었다.

젊은 왕은 백합에게 달려가며 외친다.

> 사랑하는 백합! 사랑하는 백합! 나는 모든 것을 다 갖춘 남자지만 그대의 순수함과 그대의 가슴이 내게 일으키는 잔잔한 충동보다 더 소중한 것을 어떻게 바랄 수 있단 말이오?

젊은이와 백합은 결혼하여 왕과 왕비가 된다. 그러나 이들의 결혼에 대해서는 전혀 묘사되지 않는다. 이야기의 전개과정에서 이미 예견되고 전제되어 있었기에 직접적인 묘사는 오히려 작품의 긴밀도를 떨어뜨릴 수 있기 때문으로 여겨진다. 이들은 다만 지금까지의 '젊은이'와 '백합' 대신 '왕'과 '왕비'로 달리 표현될 뿐이다.

> 왕비는 새 여자 친구를 환영했고, 그녀 및 다른 놀이친구들과 함께 제단으로 내려왔다. 그러는 동안 왕은 두 남자의 사이에서서 다리를 바라다보며 민중이 뒤섞여 붐비는 모습을 관심 있게 관찰했다.

젊은이의 어여쁜 백합에 대한 사랑은 비록 이따금 도깨비불들, 뱀, 매, 램프를 든 노인과 그의 부인, 뱃사공, 거인의 힘겨운 도움을 받긴 하지만 마침내 갈라진 세계를 희생, 사랑, 지혜에 의해 구원의 시대로 이끌며, 가시적인 시대변화 속에서 활기차며 행복을 주는 사회적 상태에 도달하게 한다.

젊은이와 백합의 결합은 세상을 지배하는 세 가지 요소인 지혜, 빛, 힘에 이어 네 번째이자 가장 중요한 요소인 사랑을 나타내고 있다. 또한 그것은 감각적 현실세계와 초감각적 이상세계를 하나로 잇는 합일과 완성을 상징한다.

Ⅳ. 대립의 극복

젊은이와 백합의 결합으로 상징되는 대립의 극복과 이상적 세계의 완성은 등장하는 모든 인물들이 협력하여 이룬 힘든 노력의 결과이다. 19명에 이르는 등장인물이 한데 얽혀 궁극적 목표의 완성을 향한 과정에 함께하고 있다. 많은 등장인물들이 복잡다단하게 어우러져 줄거리가 꽤 까다롭게 전개되는 듯하지만 주의를 기울여 살펴보면 수미일관된 긴밀한 구성이 돋보인다. 예컨대 백합이 젊은이와 결합하기 위해서는 왕들의 지하성전과 만나야 했고, 그러기 위해서는 뱀이 지하성전 안에서 빛을 비추어야만 했으며, 빛을 비추기 위해서는 금을 삼켜야만 했는데, 이 금은 도깨비불들에게서 얻을 수 있으므로 필연적으로 도깨비불들이 강을 건너와 뱀과 만났던 것이다. 이처럼 뒤에 이어지는 사건은 반드시 앞서의 사건들을 전제로 하고 있으며, 어떤 부분도 인과관계나 필연성 없이 느슨하게 부가되지 않는다.

대립의 극복을 통한 이상적 세계의 완성에는 모든 등장인물이 각자의 역할을 하고 있지만 그 중에서도 가장 핵심적으로 활약하는 것은 녹색 뱀과 램프를 든 노인이다. 이야기는 처음부터 끝까지 이 두 인물의 헌신적인 활약에 의해 이끌어지므로 이들을 중심으로 대립의 극복과정을 살펴보기로 한다.

뱀은 일반적으로 혐오의 대상이다. 성서에서 뱀은 이브를 유혹하여 낙원에서 추방시키는 사악한 존재로 등장하여 사탄으로 비유된다. 그러나 고대 그리스에서는 뱀을 땅의 힘을 나타내는 상징이자 집을 지키는 수호신으로 귀하게 여겨 꿀로 만든 과자를 먹여 키웠다고 전해진다. 종교와 지역에 따라 뱀을 보는 시각은 다양하지만 일반적으로 동서양을 막론하고 뱀은 지혜를 상징한다. 이 작품에서도 뱀은 온몸에서 지혜의 상징인 빛을 발하게 되면서 지하세계의 비밀을 찾아내고, 강을 건너는 방법을 제시해주는 등 이상적 세계의 실현과정에서 결정적 기여를 하고 있다. 뱀은 또 주변세계를 위해 자신의 모든 것을 바치는 헌신적 존재로 그려지고 있다.

녹색의 뱀은 뱃사공 노인이 금을 받아들일 수 없는 강물의 법칙성으로 인해 도깨비불들에게서 뱃삯으로 받은 금화들을 계곡에 쏟아 버리는 데에서 처음 등장한다.

> 이 계곡 안에는 아름다운 녹색 뱀이 살고 있었는데, 뱀은 짤랑거리는 소리를 내며 떨어지는 금화로 인해 잠에서 깨었다. 뱀은 반짝이는 금화들을 보자마자 그 자리에서 그것들을 몹시 탐욕스럽게 집어삼켜버렸고, 수풀 속과 바위틈 사이에 흩어져 있던 모든 금화들을 꼼꼼히 찾았다.

뱀은 금화들을 모두 삼켜버리자 몸이 투명하게 반짝거리게 된 것을 알아차리고 몹시 기뻐한다. 뱀은 이 반짝이는 빛이 오래 지속될 수 있을 것인지 호기심에 차 금을 뿌린 사람을 찾기 위해 바위 밖으로 나간다. 뱀은 풀밭을 통과해 가며 퍼뜨리는 자신의 우아한 빛에 경탄하며 즐거워한다. 평지로 나온 뱀은 뱃사공에 의해 강을 건너온 두 개의 도깨비불을 만난다. 그들은 뱀에게 백합에게로 가는 길을 묻는다.

여기서 뱀은 지혜의 상징으로 나타난다. 뱀은 먼저 도깨비불들에게 백합의 땅인 강 건너편에서 이쪽 편으로 건너 줄 수는 있어도 백합의 땅으로 건너 줄 수는 없는 뱃사공의 법칙성을 알려준다. 그러면서 정오에 거인의 그림자를 타고 강을 건너는 방법을 알려준다.

뱀은 그동안 촉각으로만 느껴왔던 지하성전 안의 조각상들을 직접 자신의 몸에서 나는 빛을 비춰 눈으로 확인해보기로 한다. 뱀은 금으로 만들어진 왕과 이야기를 나눈다.

> "너는 어디서 왔느냐?" – "황금이 살고 있는 계곡에서 왔습니다."
>
> "황금보다 더 찬란한 것이 무엇이냐?" – "빛입니다."
>
> "빛보다 더 생기 있는 게 무엇이냐?" – "대화입니다."

뱀의 대답에서 '황금'은 모든 것을 밝게 비추는 '지혜'를 상징하고 있다. 실제로 뱀은 금을 삼킴으로써 빛을 내게 되어 모든 것을 살피고 인지할 수 있는 지혜를 얻게 된다. 가장 소중한 가치로 제시되고 있는 '대화'는 "정신적인 상호이해이자 상호지향"이다. 이러한 상호이해내지 상호지향은 스스로를 희생하도록 이끄는 '사랑' 속에서 고양된다. 작품의 끝에 나타나는 뱀의 위대한 희생이 바로 그것이다.

이제 램프를 든 노인이 지하사원에 나타나 왕들과 대화를 나눈다. 램프는 그림자 하나 던지지 않은 채 기이하게 원형사원 전체를 환하게 밝힌다. 노인은 세 가지 비밀을 알고 있다면서 가장 중요한 비밀은 모두 다 알고 있는 비밀이라는 묘한 대답을 한다. 그리고 이 가장 중요한 비밀은 네 번째 비밀을 알게 되는 즉시 알려주겠다고 말한다. 이때 뱀이 끼어들어 "제가 네 번째 비밀을 알고 있습니다." 라고 말한 후 램프를 든 노인의 귀에 무언가를 속삭인다. 뱀의 귓속말을 들은 노인은 곧장 "때가 되었다!"라고 큰 소리로 외친다. 세 가지 비밀이 무엇인지 더 이상 설명되고 있지 않지만 모두 지하사원과 강 건너 백합의 땅과의 연결을 통한 이상적 세계의 구축방법에 관한 것이리라 추측된다. 뱀과 램프를 든 노인을 비롯한 모든 등장인물들의 행동이 여기에 궁극적 목표를 두고 있기 때문이다. 이렇게 보면 뱀의 귓속말이 어떤 내용인지 어렵지 않게 유추해낼 수 있다. 그것은 뱀이 스스로의 몸에서 빛을 내게 되어 모든 것을 인지하고 해결할 능력이 생겼으며 당장 자신의 몸으로 강을 건너는 다리가 되어줄 수 있다는 내용일 것이다. 노인이 때가 되었다고 외친 것도 뱀에 의한 가능성이 확인되었기 때문이다.

뱀은 이제 백합을 찾아가는 젊은이와 노파가 강을 건너도록 다리가 되어준다. 멀리서 강 건너편으로 뻗어있는 다리의 멋진 모습은 젊은이의 감탄의 말로 표현된다.

> 와! 우리 눈앞에 벽옥과 석영으로 만들어진 것처럼 서있는 저 다리는 어쩌면 저다지도 아름다울 수 있단 말인가? 저 다리는 에메랄드와 녹옥수와 감람석이 더없이 우아하고 다채롭게 조합되어 이루어진 것으로 보이니 누구나 발을 들여놓는 것을 두려워할 수밖에 없겠지?

뱀은 백합에게 위안과 용기를 불어넣어주는 역할도 한다.

다리와 사원에 대한 예언이 이루어지지 않았다며 실의에 빠진 백합에게 뱀은 다리와 사원이 세워져 있다고 말한다. 하지만 백합은 다리는 보행자만이 건너기만 할 뿐 모든 것이 오갈 수 있는 완전한 다리는 아니며, 사원은 강가에 서있지 않다며 만족해하지 않는다. 뱀은 자신이 지하사원에서 왕들과 대화를 나누면서 '때가 되었다.'는 말을 들었다고 말해주며, 백합은 "나는 오늘 그 행운의 말을 두 번째로 듣고 있군요. 내가 그 말을 세 번째로 듣게 될 날은 언제 올까요?"라며 기대를 나타낸다.

뱀의 헌신적 행동은 백합의 손이 닿음으로써 땅에 쓰러져 죽은 젊은이의 시체가 썩지 않도록 둘레에 똬리를 틀어 햇살을 막는 데에서도 나타난다.

> 뱀은 유연한 몸으로 시체 둘레에 넓게 원을 만들었고, 꼬리의 끝을 이빨로 문 채 조용히 누워있었다.

뱀이 둥글게 똬리를 트는 모습은 오래 전부터 전해 내려온 비유로 건강, 삶, 불멸성을 상징한다. 실제로 여러 나라의 구급차 문에는 뱀이 휘감고 있는 지팡이가 그려져 있는데, 이것은 의술의 신 아스클레피오스의 지팡이이다. 따라서 이것을 휘감고 있는 뱀은 재생과 불멸의 상징으로 보편화되어 있다. 이 뱀 문양은 세계보건기구의 상징문양이기도 하다.

뱀은 빛지고 있는 아티초크를 구할 수 없어 손이 점점 작아져 사라질 위기에 처한 노파가 절망적으로 외칠 때 차분하게 지혜를 발휘하며 방법을 제시해주기도 한다.

> 고통은 잊고 여기서 도움이 되는 걸 찾아보세요. 어쩌면 쉽사리 도움을 받을 수 있을 거요. 할 수 있는 한 서둘러 도깨비불들을 찾으세요. 아직 그들을 볼 수 있기에는 너무 밝지만 당신은 아마 그들이 웃고 몸을 흔드는 소리는 들을 수 있을 거요. 그들이 서둘러 오고 있다면 거인이 그들을 태워 강을 건네주고 있을 거요. 그들이 램프를 든 남자를 찾아서 보내줄 수 있을 거요.

뱀의 예상대로 곧 램프를 든 노인이 도착한다. 노인은 자신을 급히 달려오도록 도움을 준 것들에 대해 설명하고, 젊은이의 죽음으로 절망에 빠진 백합을 위로한다.

내 램프의 영혼이 나를 내몰고, 매가 나를 이곳으로 이끌었지요. 램프는 사람들이 나를 필요로 할 때 불꽃을 튀기며, 그러면 나는 공중을 둘러보고 징표를 찾기만 하면 되지요. 새나 별똥이 내게 어디로 가야 하는지 방향을 가리켜 주지요. 안심하세요, 너무도 어여쁜 소녀여! 내가 도울 수 있을지 모르겠소. 한 사람만으로는 돕지 못하고, 많은 사람들과 적시에 한데 뭉쳐야 해요. 우리 마음을 열고 희망을 품어봅시다.

노인의 말에는 인간과 자연이 함께 어우러지는 아름다운 정경이 그려져 있으며, 어려움은 모두가 하나 된 마음으로 헤쳐 나갈 때 희망이 보인다는 교훈이 담겨있다. 노인은 죽은 사체에 빛을 비추면서 뱀에게 말한다.

원을 그대로 풀지 말고 있어요. 그리고 저 귀여운 카나리아도 가져다가 원 안에 놓으세요.

그 사이 해가 지고 어둠이 짙어지자 뱀과 노인의 램프가 나름의 방식으로 빛을 내기 시작하고, 백합의 면사포 또한 스스로 부드러운 빛을 내어 그녀의 창백한 뺨과 하얀 옷을 우아하게 물들인다. 사람들은 서로를 조용히 관찰하며 근심과 슬픔을 희망으로 누그러뜨린다. 그동안 오만방자하게 행동했던 도깨비불들까지도 점잖아져서 사람들의 반감을 완화시킨다. 노인은 별들을 바라본 다음 이렇게 말한다.

> 우리는 행운의 시간에 함께하고 있소. 모두가 자신의 직무를 완수하고, 자신의 의무를 다한다면 공동의 불행이 개개인의 기쁨을 갉아먹듯이 공동의 행복이 개개인의 고통을 저절로 해소시킬 것이오.

뱀은 백합의 땅에 모인 모든 사람들이 강을 건너 지하성전으로 들어갈 수 있도록 찬란한 아치형 다리로 변신한다. 그러나 뱀은 그것으로는 충분하지 못하다는 것을 깨닫는다. 여기에서 뱀의 내면적 결단에 대한 긴장이 인다. 뱀은 강에 의해 갈라진 양쪽 땅을 자신의 몸으로는 상시적으로 완전하게 연결할 수 없을뿐더러 뱀으로서 영원히 생존할 수도 없다. 뱀은 무언가 다른 것이 되기 위해 자신을 포기하고 희생해야만 하는 것이다. 사람들이 강 건너에 도착하자 아치는 곧장 다시 뱀으로 되살아난다. 뱀은 결국 램프를 든 노인에게 자신의 결심을 밝힌다.

> 제가 희생당하기 전에 스스로 희생하려고요. 당신은 땅에 어떤 돌도 남겨두지 않겠다고 제게 약속해 주세요.

뱀은 이제 수천 개의 반짝이는 보석들로 부서진다. 사람들은 더 이상 가늘고 멋진 뱀의 형상은 볼 수 없고, 잔디밭 안에는 반짝이는 보석들로 된 아름다운 원만이 놓여 있게 된다. 램프를 든 노인은 뱀과의 약속대로 모든 돌들을 바구니에 담아 강가로 가져가 강물에 쏟아 붓는다. 돌들은 빛을 내며 반짝이는 별들과 같이 물결을 타고 헤엄쳐가고, 사람들은 그것들이 멀리에서 사라져버렸는지 가라앉았는지 구별할 수가 없게 된다.

이제 노인은 도깨비불들에게 성전으로 들어가는 문을 녹여달라고 정중하게 요청한다.

> 신사양반들, 이제 내가 당신들에게 길을 가리켜주고 통로를 열어줄 테니 우리에게 성전의 문을 열어준다면 당신들은 우리에게 가장 큰 일을 해주게 된다오. 우리가 이번에 그 문을 통해 들어가야만 하는데 그것은 당신들 외에는 아무도 열 수가 없소.

램프를 든 노인을 필두로 젊은이, 백합, 노파, 노깨비불들이 바위 안으로 걸어 들어가 금으로 된 자물통이 채워진 커다란 청동 문 앞에 이른다. 노인은 곧장 도깨비불들을 부르고, 그들은 최대한 뾰족하게 키운 불꽃으로 자물통과 빗장을 녹여 없앤다. 문이 열리고 성전 안에서는 안으로 들어서는 불빛들을 받으며 위엄 있는 왕들의 조각상들이 나타나 노인과 대화를 나눈다. 잠시 후 발밑에서 땅이 흔들리기 시작하고, 사람들은 사원 전체가 움직이는 것을 느낀다. 사원은 땅에서 떼어내 품에 안았던 뱃사공의 작은 오두막집과 함께 위로 솟아올라 이제 중앙에 멋진 작은 사원 하나가 서있는 커다란 사원이 된다.

이제 젊은이와 백합은 결혼하여 왕과 왕비가 된다. 두 사람의 결혼은 현실적 세계와 이상적 세계, 감각적 세계와 초감각적 세계라는 대립이 극복되고 합일과 조화의 이상적 세계가 완성되었음을 의미한다고 볼 수 있다. 왕과 왕비가 탄생한 후 새롭게 열린 세계는 이렇게 묘사되고 있다.

> 이러한 흥겨움과 행복과 감격에 취해 사람들은 날이 완전히 밝았다는 것도 알아차리지 못했고, 열린 문을 통해 전혀 예상치 않은 것들이 돌연 그들의 눈에 들어왔다. 기둥들로 둘러싸인 넓은 광장이 앞마당을 이루었고, 그 끝에서는 수많은 아치들과 함께 강을 가로질러 뻗어 있는 길고 화려한 다리가 보였다. 다리의 양쪽에는 보행자들을 위한 주랑이 아늑하고 화려하게 설치되어 있었다. 다리에서는 이미 수천 명의 사람들이 끊임없이 오가고 있었다. 가운데의 큰 길은 무리를 이룬 가축들과 노새들, 말을 타고 가는 사람들과 마차들로 붐볐는데, 그들은 양쪽에서 서로 방해하지 않고 물 흐르듯 건너가고 건너왔다. 그들은 모두가 아늑함과 화려함에 대해 놀라워하는 것 같았다. 서로의 사랑으로 행복해하며 새로운 왕은 부인과 함께 이 많은 민중의 움직임과 삶에 감탄했다.

램프를 든 노인은 왕에게 왕의 목숨을 지켜주고 양쪽 세계를 영원히 이어준 뱀의 값진 희생을 강조하는 것을 잊지 않는다.

뱀을 정중하게 추모하시오. 그대는 뱀에게 목숨을 빚지고 있고, 그대의 민중들은 이웃 강변을 비로소 활기 넘치는 땅으로 만들어 연결시킨 다리를 빚지고 있소. 뱀이 자기 몸을 희생시키고 남긴 저 떠다니며 반짝이는 보석들은 이 찬란한 다리의 교각들이 되고 있으며, 다리는 이 교각들을 딛고 손수 세워졌고 앞으로도 손수 지탱해 나갈 거요."

여기에서 뱀은 자신의 분신인 다리를 통해 거룩한 희생의 상징이자 두 세계를 하나로 이어주며 영원히 존재하는 불멸의 상징으로 나타난다.

V. 맺음말

『동화』속에는 대립적 요소의 조화와 합일을 통한 이상세계의 완성이라는 괴테의 고전주의적 이념이 한데 응집되어 있다. 여기에서 설정된 세계는 강을 사이에 둔 지하동굴을 중심으로 한 물질적이며 감각적인 세계와 백합의 땅을 중심으로

한 정신적이며 초감각적인 세계다. 이 대립적 세계는 강을 가로질러 세워진 다리와 지상에 새로이 구축된 사원에 의해 하나로 연결되어 새로운 이상적 세계로 변화된다. 이런 이상적 세계의 구현은 사람과 사물을 통틀어 모든 등장인물들의 상호 협력과 자기희생을 필요로 하며, 궁극적으로 모든 것은 사랑을 바탕으로 이루어진다.

많은 인물들이 특정한 법칙성을 띠고 있어 동화적 신비와 환상을 높여주고 있지만 이 법칙성은 강제적이며 철저하게 지켜짐으로써 주변세계에 고통을 준다. 반면에 구원과 희망의 모티브들도 등장하여 인물들을 고통과 좌절에서 벗어나 기대와 소망을 향해 전진할 수 있도록 해준다.

대립적 세계의 극복에는 뱀의 헌신적 노력과 희생이 결정적 기여를 하고 있다. 지혜의 상징이기도 한 뱀은 지하성전의 비밀을 알아내고 강을 건너는 방법을 제시해주는가 하면 왕자의 사체가 썩지 않도록 둘레에 똬리를 틀어 햇살이 비추는 것을 막으며, 수시로 스스로 다리가 되어 강을 건너게 해준다. 뱀은 궁극적으로는 자신을 희생하여 영원한 다리로 변화함으로써 강 이쪽의 감각적 세계와 저쪽의 초감각적 세계를 연결하여 통합의 새 세계를 이루는 데 기여한다. 뱀은 숭고한 도덕적 고양의 구현자이기도 하다.

한편 작품은 동화적 환상이 바탕을 이루고 있으며, 인물들의 상징성도 돋보인다. 뱀이 삼킴으로써 몸에서 밝은 광채를 내어 주변세계를 인식할 수 있게 하는 금은 빛과 지혜의 상징으로 묘사되고 있다. 뱀이 둥글게 똬리를 트는 모습은 건강, 삶, 불멸성을 상징한다. 금, 은, 동으로 만들어진 세 왕의 묘사 또한 상징적이다. 금으로 된 왕은 지혜와 인식을, 은으로 된 왕은 빛과 감각을, 청동으로 된 왕은 힘과 의지를 상징하고 있다.

참고 문헌

1. 1차 문헌

Goethe, J. W. v.: Das Märchen, in: Goethes Werke, Band VI. Hamburger Ausgabe in 14 Bänden, Verlag C. H. Beck, München 1973.

Goethe, J. W. v.: Unterhaltungen deutscher Ausgewanderten, in: Goethes Werke, Band VI. Hamburger Ausgabe in 14 Bänden, Verlag C. H. Beck, München 1973.

2. 2차 문헌

Berghahn, Klaus L. (Hrsg): Friedrich Schiller: Über die ästhetische Erziehung des Menschen in einer Reihe von Briefen, Reclam, Stuttgart 2000.

Geiss, Immanuel: Geschichte griffbereit, Bd. 4: Begriffe, München, Gütersloh 2002.

Jeßing, Metzler-Goethe-Lexikon, Art. Märchen, Benedikt, Stuttgart, Weimar 1999.

Köthe, Regina: Vor der Revolution geflohen. Exil im literarischen Diskurs nach 1789, Wiesbaden 1997.

Niekerk, Carl: Bildungskrisen. Die Frage nach dem Subjekt in Goethes

'Unterhaltungen deutscher Ausgewanderten', Tübingen 1995.

Ohly, Friedrich: Römisches und Biblisches in Goethes Märchen, in: Ders.: Ausgewählte und neue Schriften zur Literaturgeschichte und Bedeutungsforschung, Stuttgart 1995.

Renis, André: Tabelle, auf: goethe-mythos.de, 1997.

Steiner, Rudolf: Goethes geheime Offenbarung in seinem Märchen von der grünen Schlange und der schönen Lilie, Steiner Verlag, Dornach 1999.

Trunz, Erich: Anmerkungen, in: Goethes Werke Bd. 6. Hamburger Ausgabe in 14 Bänden, München 1973.

Wilpert, Gero von: Die deutsche Gespenstergeschichte, Stuttgart 1994.

Zymner, Rüdiger (Hrsg.): Erzählte Welt – Welt des Erzählens, Köln 2000.

http://www.goethe-mythos.de/main/?p=3453.

〈부록2〉

괴테의 삶과 문학

요한 볼프강 폰 괴테(Johann Wolfgang von Goethe, 1749~1832)는 1749년 8월 28일프랑크푸르트 암 마인에서 왕실고문관인 아버지 요한 카스파르 괴테와 프랑크푸르트 암 마인 시장의 딸인 어머니 카타리네 엘리자베트 텍스토르 사이에서 태어났다. 북독일계 아버지로부터는 '체격과 근면한 생활 태도'를, 남독일계 어머니로부터는 예술을 사랑하는 감수성과 '이야기를 쓰는 흥미'를 이어받았다.

어려서 천재교육을 받았으며, 7년 전쟁 중 그의 고향이 프랑스군에게 점령되었을 때 프랑스 극과 회화에 관심을 기울였고, 그레트헨과의 사랑(1763년~1764년)이 깨어진 후 16세 때 입학한 라이프치히 대학교에서 법학을 공부했다. 재학 중(1765년~1768년) 안나카타리나 셴코프와 연애를 했는데, 이 체험을 통해 로코코풍의 시나 희곡을 발표했다. 목가조의 희극 〈애인의 변덕〉, 〈공범자〉가 그것이다. 괴테는 자유분방한 생활로 병을 얻어 고향으로 돌아왔다.

귀향하여 요양 중(1768년~1770년) 수잔네 폰 클레텐베르크(1723-1774)와의 교제를 통해 경건한 종교감정을 키웠으며, 신비과학이나 연금술에도 흥미를 기울였다. 회복 후 1770년 스트라스부르 대학교에서 법학박사 학위를 얻었다. 그러던 중 헤르더와 만나 문학의 본질에 눈뜨고 성서, 민요, 호메로스, 셰익스피어 등에 친숙해졌다. 헤르더의 영향으로 셰익스피어의 위대함을 알게 되고 당시 지배적이었던 프랑스 고전주의 미학에의 반발이 심해졌다.

제젠하임의 목사의 딸인 프리데리케 브리온을 사랑하여 민요풍의 청순소박한 서정시를 지었고, 대승원의 건물을 보고 고딕 건축의 진가를 터득하기도 하였다. 귀향 후 변호사를 개업(1771년)하였으나 관심은 오히려 문학에 쏠려 〈괴츠 폰 베를리힝엔〉(1773년)의 초고를 정리하고 다름슈타트의 요한 메르크(1741~1791)와 친교를 맺었다. 1772년 법률실습을 위해 베츨라르 고등법원으로 가게 되어 그곳에서 샤를로테 부프(1753~1828)를 알게 되었다. 프랑크푸르트로 돌아와 슈투름 운트 드랑 기의 대표작인 희곡 〈괴츠 폰 베를리힝엔〉 및 비극 〈클라비고〉, 〈슈텔라〉와 소설 〈젊은 베르테르의 슬픔〉을 발표하여 작가적 지위를 확립했다.

1775년 4월 릴리 셰네만과 약혼했지만 얼마 후 파혼하고, 당시 18세였던 작센-바이마르-아이제나흐(공국)의 군주 카를 아우구스트 공에게 초청받아 11월 바이마르에 도착했다. 바이마르 시절 전기 약 10년간(1775년~1786년)에는 정무를 담당하여 추밀참사관, 추밀고문관, 내각수반으로서 치적을 쌓는 한편 광물학 · 식물학 · 골상학 · 해부학 등의 연구에도 정진했다. 그 밖에 카를 아우구스트 공의 모후 안나 아말리아, 시인 크리스토프 빌란트, 고전적 교양미가 풍부한 폰 크네벨 소령, 궁정가수 코로나 슈뢰터 등 궁정 안의 사람들과 밀접한 친교를 맺었다.

괴테는 이런 정무나 사회 및 자연연구를 통하여 자연과 인생을 지배하는 법칙을 터득하고 자기 억제를 배우며 슈투름 운트 드랑적인 격정을 극복하여 점차 평정과 원숙의 도를 더해 갔다. 이러한 과정에서 샤를로테 폰 슈타인 부인에 의한 감화가 있었음을 지적하지 않을 수 없다. 그녀는 우아하고 감수성이 예민한 일곱 아이의 어머니였으나, 괴테의 이상적인 여인상이었다. 부인에 대한 애정과 동경, 절도와 체념 등이 한 덩어리가 되어 시인에게 내면적인 평정을 갖게 하였다. 이런 내면적 변화에 응하여 저술된 것이 비극 〈타우리스 섬의 이피게니〉(산문판, 1779년), 〈토르콰토 타소〉(1780. 3. 30.~1789. 7. 31.)와 서정시 〈인간성의 한계〉, 〈신성神性〉 등이다.

그러나 다른 한편 초기 바이마르의 이 10년간은 궁정생활의 중압으로 마음의 안정을 빼앗겨 정돈된 창작활동을 할 여유를 주지 않았으므로 1년 반 동안(1786년~1788년) 이탈리아로 여행을 떠났다. 이에 관해서는 후일 〈이탈리아 기행〉(1816)과 〈제2차 로마 체재〉(1829)에 자세하게 기술되어 있다. 이탈리아에서 괴테는 남국의 밝은 자연과 고미술에 접함으로써 고귀한 내용을 완성된 형식으로 표현하는 독일 고전주의 문학을 완성하기에 이르렀다. 〈타우리스 섬의 이피게니〉(운문판, 1786년)와 〈토르크바토 타소〉(1790년 2월 최초 출판)가 대표작이며, 〈에그몬트〉(1787)는 슈투름 운트 드랑에서 고전주의로 옮겨가는 과도기의 작품이다.

괴테는 1788년 6월 독일로 돌아와 7월에는 크리스티아네 폰 불피우스와 동거를 시작하여 1789년 12월 25일 장남 아우구스트를 낳았다. 괴테는 1789년 7월 14일에 발발한 프랑스 혁명으로 1792년에는 아우구스트 공을 따라 제1차 대프랑스 전쟁에 종군하여 발미 전투(1792년 9월)와 마인츠 포위전(1793년 4월~1793년 7월)에 참전했다.

그 후 독일 문학사상 중요한 사건이 일어났는데, 그것은 괴테와 실러의 상봉이었다. 1794년 7월말 예나 자연과학 회의를 통해 본격적으로 교류하게 된 두 사람은 1805년 실러가 별세할 때까지 친교를 계속했다. 종합적이고 직관적인 괴테와 이념적이고 분석적인 실러는 상반적인 성향에도 불구하고 서신을 통한 교류를 이어가 서로에게 문학적 보충제 역할을 했다. 두 사람의 우정은 급기야 실러가 괴테를 따라 바이마르로 이주하기에 이르렀다. 두 사람은 〈크세니엔〉(1795)이라는 풍자시를 함께 썼고, 서로의 작품을 비평하며 집필을 독려했다. 희곡 〈타우리스 섬의 이피게니〉(1787), 〈에그몬트〉(1788), 〈토르크바토 타소〉(1790), 독일 성장소설의 전형인 〈빌헬름 마이스터의 수업시대〉(1796) 등이 이 시기를 전후해 나온 괴테의 작품들이다.

1805년에 실러가 46세라는 이른 나이에 사망하자 괴테는 큰 충격을 받았다. 하지만 환갑을 맞이한 1809년부터 사망 때까지 20여 년간 비교적 평온한 삶 속에서 괴테의 창작력은 절정에 달했다. 희곡 〈파우스트〉 제1부(1808), 소설 〈친화력〉(1809), 자서전 〈시와 진실〉 제1~3부(1811~13), 기행문 〈이탈리아 기행〉(1816), 시집 〈서동시집〉(1816)과 〈마리엔바트의 비가〉(1823), 소설 〈빌헬름 마이스터의 편력시대〉(1829), 〈시와 진실〉 제4부(1830) 등이 모두 이 시기의 작품이다.

괴테는 80년 넘는 생애 동안 시와 소설, 희곡과 산문, 그리고 방대한 양의 서한을 남겼다. 문학뿐만 아니라 신학과 철학과 과학 등 여러 분야에도 손을 댔고, 유능한 관료이며 탁월한 인격자로도 존경을 받았다. 괴테가 오늘날 독일뿐만 아니라 세계 문학사에서도 유례를 찾아보기 힘들 정도로 독보적인 인물인 까닭은 이처럼 오랜 활동기간과 다재다능함 때문일 것이다. 18세기 중반에서 19세기 초에 이르는 그의 생애 동안에는 산업혁명과 프랑스 혁명, 나폴레옹의 대두 같은 세계사의 굵직한 사건이 연이어 일어났다. 그런 역사적 격동기 속에서 괴테의 문학은 다른 여느 작가와는 다른 깊이와 넓이 모두를 성취했다.